阿部美和子

わたしの世間話

当世風サクセッション

彩流社

目次

はじめに

ここ四、五年、その年にあったニュースをもとに日々湧き出たわたしのつぶやきをまとめてきた。

今年（二〇二三年）は、大谷翔平氏の活躍が圧倒的で、中心のＷＢＣ優勝からズッと続いた熱狂を押さえて押さえて慎重に思っていると、かつて旅行記ばかり読み散らしていた最後に出合った本邦初訳のエドウィン・ミュアの『スコットランド紀行』（橋本槇矩訳、岩波文庫）がふいと浮かんだ。

ミュアはペン大会の要請で、スコットランドを車でオークニーまで走って、目で見、考えたことをじつに辛口に記していた。

わたしは産業革命後の社会、クリアランス後の世相を『大人のためのスコットランド旅案内』（照山顕人・江頭秀一編著、彩流社）の写真を案内に想像し、以前栄えた都市の姿の上に散っているスラムと、職を失いわずかな手当で暮らさざるをえない多くの人びとの有り様の叙述を読んだ。

ミュアは詩人だと知ったのでそのときすぐ、西脇順三郎編『英米詩集』（白鳳社）を開いて、「夢と物」を興味深く読んだものの意外に難しい。いまひとつともどかしかったのが、このたびのＷＢＣでまるごと分かることできて、ジーンとなるほどうれしかった。

第二次世界大戦のさなか、ぽつんと残った『アンネの日記』が、生きのびた父親の手に戻ったのは奇跡にちがいない。「夢と物」のいきいきした姿を見せてくれたＷＢＣは、奇跡が実在する姿をそのまま見せてくれたということだろう。

白百合学園時代に九段下を都電で通ると、いつも目に入った蔦におおわれた小さなビルと木造の優勝カップを売る店、ほぼ隣り合った場景は、二〇二三年のお告げだったかもしれない。

知る人ぞ知るですませてはいけない。

わたしは高校の夏休みの宿題、新聞の切りぬきを作るのに、ハンガリー動乱がなまなましい夏にあった日本における初めてのペン大会を選んだことで、どれほどのものを手に入れたか、ひと口には言えないけれど、今年予期しなかった結果を手にしたのだ。

小学校で教えられた「ルルドのお告げ」（一八五八年二月十一日、少女ベルナデットのまえに出現した聖母マリアのお告げ）は世界中の注目をあびた。このたびのお告げは、わたしが言葉にしきれなくても、きっと新しい動きが当世をゆるがすにちがいない。

つい最近図書館で、その頃、ソ連に招かれて長期間東欧をさまざま見聞した作家、ガルシア・マルケス、安部公房、草野心平の著作を読むことができて、じつにありあり現在を知ることができた。すぐれた著作とはこういうものかとわたしは受けとめた。

わたしの世間話

当世風サクセッション

アメリカ大リーグで大活躍の大谷翔平選手のニュースが流れるようになって、出身地は花巻だと聞こえてきた。

花巻、行ったことあるな……と浮かんできた記憶は、街道から川に沿ってちょっと歩いた岸辺のなめらかに連なる岩に、息子、娘、わたし、夫と、点々と座って川面を見下していたひととき、かなり下に思えた深々とした速い流れは、声もなく見つめていると吸いこまれそうな気がした。

はるかな対岸は、高い崖がイギリス海岸といわれていた。名付親の宮沢賢治が当時大ブームだったのだ。童話本や絵本がたくさん出ていた。「銀河鉄道の夜」や「注文の多い料理店」は、どこの国のものか分からないモダーンに縁どられ、「風の又三郎」は、名前どおりの響きを持っていた。

柳田國男の『遠野物語』も、世間的にどっしりした話題を持っていた。

あの頃は、新聞・雑誌がとりあげることは、何でも本当らしく、それなりの力を持っていた。

他にわたしが知っていたことは、賢治や農学校の生徒たち、近所の子どもたちも、暑い季節がくるとそこから川に飛び込んで、水から上れるところまで泳いでいったということ。あやしい男が自分たちを見ていると思っていたら、じつは自分たちの安全を気づかう役目の人だったとか。

あたりの山々にも賢治を含めたたくさんの若者が研究目的で歩きまわっていた。自然がそのまま遊びに学問に参加していた著作の数々。そのときは、そんなにぎわいがあったのかと見まわすくらい、ひっそりかんとしていた。

*

キューッと鋭い音がして、ドヤドヤ数人が車を降りる気配がした。

「ここがイギリス海岸だってぇ、わっはっは」

背広姿の男が四人、タクシーにもぐりこみ、バタンッの音とともにタクシーは走り去った。あの頃がむき出しの明るい大人たち、日本が世界一安全な国と世界にいわれた立役者。

娘は夏休みの作文にこのおじさんたちのことを書いて、おこりたくなりましたと言っていた。子供たちは小学生だった。新聞・雑誌はまだ読めなかったのか？「どぶねずみ」の言葉はもしかして聞き知っていたかもしれない。

チラッと目に入っただけだが、おじさん方の背広はきちんとしていた。笑うどぶねずみは想像できない。田舎にもわざわざ行かないだろう。だが、まともをあざ笑う空気は当節の新型コロナ禍のようにしのびよっていた。日本は安全な国をおびやかしはじめていた。

娘はこれを読んだら怒るだろう。わたしのことを勝手に……と。まともに向き合う人は、ちがいが分かる人だというしかない。

わたしたちも立ちあがって、四人でたてに並んで草原を歩いていた。背丈を超す草はまばらでも、上のほうはかき分ける感じ、明るい風が流れて大きな鉄砲百合がニュッと顔を出す。大きな花は、顔のあたりに迫ってギョッとした。なにか思える距離じゃなかった。

*

目指したのは、宮沢賢治、高村光太郎、萬鉄五郎の記念館。どういうふうにしてそこへ行ったか、今は分からない。簡素な木造の建物の中にいた。一方の壁一面に並んだ、たて長の百号ぐらいの抽象画、少しずつ色調を変えて多分十枚くらいも、ズラリと並んでいた。

異常なショックを受けた。こわかった。ことに青と黒の画面、ヌメヌメと……。高村光太郎の手首も目に入ったが会場の真ん中あたりのはずだが、あとは覚えていない。分からないものに押し出されて、どうやって駅についたか？　花巻の駅すら覚えていない。

駅の売店で山ぶどうのワインの小さいビンを見た。ここでしか買えないな、どんなものだろうと買った。一口飲んだショックはギュッとこたえた、東北だった。

その頃、仕事が順調で楽しかった夫は外にばかり興味を向けがちだった。世界一安全な国にいることで身のまわりのことはうわの空だった。

わたしは花巻の衝撃がきつかったので、浦和に帰ると子供たちのお絵描きの先生に抽象画の話をして、

「マンテツゴロウって何者でしょう？」

息せき切ってお訊きした。

「ああ、ヨロズテツゴロウ……ならきっと底光りしてたでしょう」

間をとられたから、抽象画の存在をご存知なかったようだった。

毎日はせわしなかったからそれっきり。

東京・竹橋の国立近代美術館はしばしば出かけていたから、緑の草に横たわる半身に赤い布をまとった若い女性は鉄五郎の作品と知った。

他の画家の作品と一緒の壁面にあるその絵はゾワゾワと目立って何とも言えないものだった。何度出合っても同じ感じ。描いた人の光彩への思いが生きているのかとこの度思った。

＊

わたしの歳になると何十年なんてあっという間。新型コロナ禍がわたしの耳にも聞こえてきた頃までひとっとび。

わたしは腕に出た湿疹に苦しんでいた。強いかゆみがあった。

夫は医者に薬をもらったほうがいいよと言って、自分の足にできるウオノメをときどきけずってもらう近所の医院につれていった（実際は水虫だった）。

わたしは健康診断は十年以上受けていなかったばかりか薬も買ったことなかったから、自分のことなのに考えようともしなかった。

最初の日、「これは二番目に強い薬です。うすく塗って、あとで手を洗ってください」と、薬局に注意された。二週間に一度病院に行くうち、まったく眠れなくなった。三日も一睡もできないのに変にピンピンしていた。

「眠れません」と言うと、「別の病院に行って睡眠薬をもらったらどうですか？」と言われた。

歯のクリーニングに行って、「強い薬を飲んでますね」と言われ、ギョッと気がついた。自分の無頓着とはいえ、恐ろしい経験だった。

病院を替え、二年近くかかってひと息ついたときには、自分の体に注意を集中するくせをつけなくてはと本気で思っていた。

新型コロナ禍は大変な騒動になっていたが、わたしは自分のアトピーで手一杯だった。そして、これは『ローマ帝国衰亡史』中のユリアヌスのところで出てきた病気だったなあと思っていた。ウクライナ、ポーランドあたりの、たえず監視されている日常を生きぬいた人の小説やいつのまにか姿を消してゆく人びとのいる伝記を読んで、わたしの理解を超える現実をどうなることかと思っているうちに本物の戦争が始まっていた。

　病気も暮らしも時間の内にひとくくりだった。

＊

　新型コロナ禍で音楽活動は世界中で中止になったが、これがわが家とどうつながったかといえば、八十歳に近づいた夫がそれまでやっていたことが急につまらなくなったように、ベースが重すぎるとやめることにした。

　自分のことに集中しているようで行動が散漫、もの忘れの感じもおかしかったので、白幡の夫が階段を落ちたときにお世話になった病院に一緒に行った。

　一応、検査をして、アルツハイマーと診断された。それからかなりの月日がたち、毎日いっしょに過ごしていて思うことは、一つひとつの行動、どんな小さなことでも誠意をもって行動しないと自分の害になる。自分の勝手で動くことも自分をすりへらすだけだと自分で分からなくてはならない、だった。

　例えば、ベースを弾きこんでいたときは元気でまともだった。あたりまえだろう。自分のすべてを傾けて行動していたのだから。

　Jさんの仕事を手伝っていたときも、たとえ彼女の意図に従ってする仕事だからといって、書や絵を誠意なしになんてこと夫には不可能だから、その間は健康だった。

夫のアルツハイマーを察していた娘は、音大で音楽療法を勉強していたから、なんとかして夫にそれを伝えようとした。運動することと音楽を聴くこととそれを自分のためにする、言葉は簡単だが何度かやっているうちお互いに疲れてしまった。

今になってわたしは分かった。モンテーニュのところで出合うことになる、これが時代の教養ということらしかった。学生音楽から始めた夫には、ついてゆけないものがあったのかもしれない。クラシック音楽は難しいとは誰でも言うけれど、実際に自分でぶつかっていかなければ、むしろ後退する。実際やってみることでその人が分かるというか、できるというか、基本の部分がつかまえられる。それは誰でもできる部分にちがいないらしい。昔の人は知っていたのだから。

とりあえず、放ったらかしてあった楽器を使えるようにしましょう、弦を張るための器具が倒れていたので楽器店に持ってゆくことにした。

じつはここにひとくせあった。夫のベースは下ぶくれの形であるため、よほど弾きこんでいないとこうなるという理由がすでにあったのだ。

夫は、自分にできることはベースしかないと思った。そう思う体力がそのときはあった。

＊

楽器店に行くまえに、「ＪＲの駅の各ホームにはエレベーターもエスカレーターもあるから運ぶことは大丈夫できるわよ」と、何度も言った。古いことは覚えていても、そのときそのことはなんとしても覚えられない。それでも言わずにいられない。

わたしは速く歩けない。夫は人に合わせることできないから、駅に着いて切符を買うと夫はもう中にいた。Ｊさんのところに行っていたときのパスモを使ったのだろうと思って駅員さんに「切符が一枚いらなくなりました」「改札で戻せます」とやり方を教えてくれた。

新大久保駅で夫がなかなか出てこないので改札に戻ると、切符がないとか、わたしは持ったことのないパスモなんてまったく頭に浮かばず清算させた。

楽器店でいつもお世話になっている人にベースを預けるとホッとして、有名な町を歩いてみましょうと外に出た。

五、六年前に買ったとき以来、初めて歩く町は珍しかった。通りに出るとすぐの店の前に、見たことない野菜の一山があって、びっくりする安さだった。通りは人影がないのに、異様に人の気配の濃い町だった。

小道を曲がると、町中と思えない深い緑が目に入り、奥まったコーヒーショップが沈んで見えた。久しぶりにコーヒーを飲むと、カップの重さがまことに新鮮だった。

若い人のグループが来たので店を出て、遠まわりして戻ると、ベースは仕度ずみだった。上まで運んでくれたいつもの人に、「ボケ防止です」と耳打ちすると、「一番いいですよ」。だった。

新大久保のホームに出ると、夫はウロウロ乗り場を探すようにまわりをくの字に歩いたが、ちょうど電車が入って来たのであとさき考えないわたしは、夫をうながし乗らせてしまった。エレベーターかエスカレーターは必ずありますとまたも言った。夫は聞こうとしなかったが、一緒にいるのだから安心だとわたしは思っていたらしい。

*

赤羽駅のホームは広く長かった。わたしは少し遅れた。声かける間なんてなかった。夫はベースをかかえて階段を降り出していた。昼下がりのホームは人がいなかった。四階分の高さがある階段は広く長く、まん中には手すりもない。そのどまん中をである。正常な人にはできそうにないことだった。

声をかけて「ナンダ」とふり返ったら、ズングリベースごと下まで落ちるだろう。二、三段戻ることだって絶対無理、一瞬目をやったずーっと先にエスカレーターが見えたけれど、もう目が離せなかった。

下まで降りきるのを待って、手すりにすがって気持ちばかりいそいで下り、「のぼりのエスカレーターは向こうよ」とゆっくり歩いた。

今思えば、新大久保で夫が考えていたことは、ベースを持って降りるのに具合のいい場所の記憶だったろう。確かもっと後ろとつぶやいていた。

浦和駅に着いて改札を出て待っていたが夫が出てこない。戻ると、端の改札で切符を探していた。行ったときの駅員さんだった。

「わたし切符を二枚買って渡しましたよ。新大久保の改札は二つ切り、こんなもの持って切符なしに入れません。向こうに確かめてください」

夫がポケットから引っぱり出したものがカウンターにあった。

「ちょっと、そのパスモ、見せてください」。

駅員さんはそれを見て「どうぞ通ってください」と言った。

きっと入るときに使ったきりだったのだろう。

駅を出ると次の十字路までに、夫の後姿は数十メートル離れてしまった。ベースの形がおかしかったのでわたしはいそいだ。手ごたえが変だったらしく、夫は止まって眺めていた。

信号の手前だったから、角の病院の植え込み近くまで引きよせ、ベースを載せ返すようにうながした。

ラッシュ時に、乗り換えの人びとがなだれをうって上下する階段を降りるとき、よほど力が入ったのだろう。よく降りたものだ。で、すっかり忘れたのは、朝のベースの載せ方だった。

わたしも手を借そうとしたが、やり方を忘れちゃった。このままかかえて家まで帰ると言い出した。じゃタクシー呼んでくる、とわたしが動こうとすると、このままじゃ載せられないとキッパリ頑張った。

わたしののろい足じゃ駅前に戻るだけで時間がかかる。信号は目の前、ぐずっとなったずんぐりベースを手早く載せる方法……どれ一つもどうにもならなかったからむしろ落ち着いた。

時間がたつのも忘れて二人でガタゴトしていると、何かの宣伝のためだろうか、交差点にいた人が黙って手を借してくれた。

「助かったっ」

とり散らした小物をかき集め、信号が変わった交差点をサッサと歩き出した。

その背中を「やっぱり病気なんだなあ」としばらく見ていた。

*

四十日に一度ずつ、病院に行く日が何回も過ぎた。体にたまる感情をなだめるには、大きな声を出すのが一番とはっきり分かってきた。

家中の雑事を一手に引きうけている娘は、声のほかに百面相、手足の運動まで加えて化け物化している。スッと正気になれるから放っている。他人を頼まない昭和っ子だからできるのだ。家族の間では、互いが承知すればこれでよしとするのが身のため。

久しぶりに本を読もうと図書館に行った。

『薔薇戦争』木下順二訳をまず手にした。何かちがうものもと探して、須賀敦子さん訳のイタリア小説を借りた。作者がマンゾーニの伝記を書かれた方だったから。

わたしはマンゾーニは読んだ。家族関係の複雑が金銭とからんできわだつ仕方なさにひえこんだのを思い出した。学生の頃イタリア映画が注目を集めていた。タバコの煙がどの映画にも流れているような、雰囲気ばかりリッチで空疎なストーリーが新しがられた。それぞれの手紙でつづりあわせるストーリーは、とりつくろいようもなく中身がない。お金の価値って何だったのだろう。

スタンダールの小説を読んでいた頃、わたしは勝手に師事していた先生に言ったものだ。

「イタリアのお金って出どころが分かりません、どこから次々湧いてくるんでしょう?」

先生はちょっと考えて「おお、そうだな」と言われたきり、わたしはもう覚えていない。

イタリアの庶民は、大きな遺産が手に入ってもとりたてて何かできなかったようだ。映画作りが一番大きなことらしかった。

先生はこうも言われた。

「イギリスの庶民は馬鹿だったから、自分がもうけても使いようを知らなかった。だから結局全部自分の仕事につぎこむことしかできなかった。が、それで自分の力が大きくなったんだなあ」と。

シェイクスピアの国は二度読まねば全体をつかみ切れなかった。家庭劇だったがシェイクスピアの国は、息つく間もなく面白かった。無意識に借りてきたのに、二冊は次につながりがあったから延長手続きをしてギリギリにブックボックスに返却した。

そんな読み方ってあるの、なんて言われるはずなくても、わたしの記憶に残したいものを残すってどれほどのものかといえば、夫の書棚にあった夏目漱石の『彼岸過迄』とすり合わせてみたくもあったということ。

カヴァーの裏に「いくつかの短編を重ねることで、一篇の長編を校正するという漱石年来の方法を具体化した作品……」(解説・注＝石崎等)が目についたので、手紙作品と自然に重なった。

三冊とも自分の命ほど大切なものはないのだと言っていた。

漱石の作品は岩波文庫、真新しく見えたが定価三九〇円、一九九四年発行、第五十一刷。

なぜ『彼岸過迄』をパッと読み出したかというと、「嫉妬」には相方がいるだろう、漱石はいったいどんな相方をみつけたのだろうと興味が湧いたから。

ところが、カヴァーの裏の注にあった、漱石が掘りさげたといわれる「嫉妬」の比類ない深さの情念というものを、わたしはほとんど感じなかった。ごく普通のことを、小説としていい節度で書いているなあと思った。嫉妬に当たるものが見あたらなかったといおうか。自分のすがすがしさがあったところが、日本として新しかった。三冊とも自分の命ほど大事なものはないといっていた。あのリチャード三世すら、命がおしい、王冠なんていらないと投げ捨てたのに命を落としたのだ。

わたしは三冊のなかで自己について真剣に考えたのは誰かと考えたら、『彼岸過迄』の主人公しかいなかった。これはわたしの読み方だった。

＊

『薔薇戦争』の勢いにおされて、木下順二全集に手がのびた。岩波書店の全集はまだ五冊ぐらいしか読んでいないけれど、生活量のおびただしさにめまいしそうである。

わたしの暮らしは、なんとチマチマまばらな一日の連なりだろう。原因は、お使いに行き、自分で作ったものを一日に二度食べるだけという日常にあるのか、ほぼ自分の家にいて、月に一度、時間をかけて乗り物にのってテニスに行くことがアクセントだったが、寄る年波に妨げられた。近頃は、月に一度バスで夫と病院に行くだけになった。

それなのに、考えることと思いつくことは増えるばかり。もてあますヒマがあるなら、きちっと書けるうちに書いておこうの気持ちである。つまり、黙っているほうが自分の内にたくさんたまるのか？　どうもそうらしい。

木下順二全集をわたしが熱心に読んだのは、中国のウソを、一番最初に、半ば公の席で言葉にした人だったから。戦後に近い頃、中国から日本に文化使節が来て、中国の舞台は今よりずっとしっかり紹介された記憶をわたしは持っている。今の情報は、わたしはまるで持たないからまちがっているかもしれないが。

わたしの学生時代の前後は、世間的うわさのなかに占める中国の割合は多く、内容に富むものだった。中国に渡った使節は、中国のもてなしにびっくり、感動した。

その最後の頃、木下順二は大酒を飲み、倒れる寸前に何やらしゃべった。翌日、人に言われても覚えていなかったらしいが、彼の話はというか、指摘は正しいと中国側は笑って認めたとか。

あの頃はいろんなことがあり、いまさら何も言うことはない。

全集の中でわたしが注目したのは、彼が中国の百貨店で、日本円で百五十円の粗末な毛主席の詩集を買ったことだった。しばらくして実際に読み、その詩集は詩も書も素晴らしい、墨跡がどうとかと感想を述べ、同好の友人と読んだ詩を自分の書に載せていた。

わたしはそれを読んで、初めてアンディ・ウォーホルのあの緑の服の肖像写真を納得した。

わたしたちはこれからどうなるのだろうと深刻に考えられないのは実際だし、何を思っても中途でうやむやにしてしまうしかないのを、どう思っていいか分からないのも情けない。

そういえば、全集はずいぶん読んだが、どこにも「情けない」の文字は読まなかったのは、木下氏が男だったかららしい。

わたしはこうして何やら書いているからには、「情けない」と言わないのはどういうことか書いておきたい。わたしがここだと思うのは、本郷の町の書き方と、『無限軌道』という山手線の運転手の小説だった。背広を着たまま山の手線の運転をさせてもらったり、まるでボヴァリー夫人のラストのような暴走車と取り組む三人の運転手を語ることは、「情けない」の退治法だろう。

これは女には書けないかもしれない。

社会とこういうつながりを持つ、こういう取り組み方をする夢を夢としなくなったのが今日かもしれない。つまり、「情けない」の手ざわりってどんなものかを書くしかない気がした。

わたしは学生時代は田端に暮らしていたから、上野、本郷は身近な土地である。数年大塚に住んでいたこともある。浦和に住んでからも、ある時期ひんぱんに美術館や博物館に行った頃、時間があると上野や日暮里あたりを歩いた。

町の中にごく普通の建具屋さんのような店先に棺が白々目に入って立ち止まったことがあった。身内の葬式で棺に花をつめたことはあっても、その棺が作られる場を見たのははじめてだった。かつて暮らしの中では生と死は同居していたのだろうか。

「趣味は仏像を見ること」

初めに言い出したのは女性かもしれない。事変につぐ事変が日常の木下文学の姿は落着いたものだった。一日がじつに充実していた。本当のところ現在っていったいどうなっているのだろう。

ふと萬鉄五郎に当たってみようと思った。図書館に行き、貸し出しカウンターで「萬鉄五郎の本ありますか？」と訊いた。「美術書のところにハードカバーの本二冊と、もう一冊書庫にあります」と言われた。木下順二全集も一冊と、四冊借りてきた。

今まで知ろうともしなかったアレコレが急いよく流れこんできて、わけもなくざわついていた気持ちが静まっていった。

*

それはいいとして、少しは動かないとまた歩けなくなるのを予感して、そそくさ壁打ちボードに出かけてみた。

ベンチに座って袋からラケットを出すと、なんとガットが二本ちぎれていた。雨がちな日がずっと続いていたものなあ……と何年も張り替えてやらなかったくせに、天気のせいにした。

いまいましくながめて帰ろうとすると、そのときコートにやってきた人に、「ぼく二本ありますから使ってください」と言われた。

自然なもの言いにふり向くと、「六番コート予約していますから適当に返してください」と言われた。「じゃ時間まで、ありがとうございます」

すぐ靴をはきかえ十分くらい打った。下の道を同じ感じの人が歩いて来た。そちらと顔があったとたん、礼を言ってラケットを返した。まったく初めて出会った方だったのに、じつに気持ちがなごみ、いい気分になれた。ラケットもよかった。この感じの方、つまり他人を変に意識しない人に、わたしは何十年のテニスで初めて出会った。コロナ禍のおかげであろう。

むき出しのラケットをさげて帰りながら、途中のよろず屋でかぼちゃを買った。

「これは茨城？」と訊くと、「もう北海道」

「季節はドンドン過ぎるのねえ」

自然に実感がこもった。かぼちゃをリュックにつめていると、わたしのラケットを見て「アラホンモノ」と言われた。市営コートに近いとはいえ、ボロボロのガットがこんなふうに言われるのもおかしかった。

途中でラケットショップに寄り、張り替えとグリップを頼んだ。

「こんな時期ですからこのガットは今置いてません」

「長いこともってくれて、何でもいいわよ今度はわたしが死ぬまでもつかしら」

笑って、「空気が抜けないボールがあります」と、それをもらうことができた。

ルンルン、家に着くと、弟が野菜を届けてくれていた。

「ホント、今だよ」

わたしが歩くほうに車は来るはずだから、わたしののろ足は大したものなのだ。

*

それはそうと、なんとなく別な手ごたえもなんとなくただ湧いてきた。

このまえ、病院に行く日、このところ夫はケイタイをまるで使えないと分かったので、ケイタイの契約を切る手続きをするために、娘も一緒に家を出た。二人はすぐ見えなくなった。へたに探す手間を省いてバス停で待っていると待つ間もなく夫と出会えた。

だが、バスの待ち時間が長かったので、バスを降りると、予約時間にどうにか間に合うかで、夫を先にゆかせても診察券をちゃんと出せるか、おぼつかない。通りを曲がって病院までは数百メートルは道もよく、車も少ない。

「お父さん、わたししっかりぶらさがるからね。ドンドン歩いて」

しっかり曲げてくれた腕に本気でつかまって、足だけテンポよく動かした。

病院の玄関前で手を離すと倒れそうだった。力を入れて立ちどまり、なんとか診察券を入れさせ、近くのイスに座った。いつもの三倍の速さで歩けたらしい。以来、歩くとき、足を空中に上げる感じがつかめて楽になった。前のめりにならずにすむというか、距離は短くてもトットと歩ける。

弟とすれ違ってしまったが、なにはともあれ、わたしがなかなか買う気になれない白菜が二つも入っていた。

余談だが次に病院に行ったとき、いつも夫が自分で計って紙を出していた血圧を、看護婦さんがその場で計ったと後から気がついた。多分、あの日の夫の血圧はちょっと異常だったかもしれない。

＊

借りた図書の返却日。延長手続きをするつもりだったが、夫が買い物の荷物を持ってくれるというので、そのまま家を出てしまった。戻れば夕飯を作り、ちょうど娘がゴルフから帰ってきたので、日曜日で早く終わる図書館は閉まってしまった。いったん返してまた借りることにした。

その四冊は、『木下順二全集12』（岩波書店）、『萬鉄五郎　上沢から茅ヶ崎へ』（村上善男、有隣新書）、『萬鉄五郎を巡って』（村上善男、創風社）、『萬鉄五郎（画・文）』（三元社）、『鉄人アバンギャルド』（千葉瑞夫・平澤広編、二玄社）。

隅から隅まで目を通したつもりだが、宮沢賢治、高村光太郎、萬鉄五郎記念美術館の抽象画に少しも近づけなかった。「マンテツゴロウ」と声を出して言ってしまった者は、わたしばかりじゃなかった。

夫の病院に付きそった後、図書館に寄ることにした。萬鉄五郎を広く知ることができてこの二週間、新しい視界が開けたような、今いる世間を違う気持ちで見るなんてことにならなくても、ゆとりをもって見ることならできそうだ。木下順二に先だつ数十年前、南洋が身近だった大正文化がどのようなものだったかを手にとるようにではなくても見た気がする。

「遠野物語」を柳田國男に伝えた、佐々木喜善とほぼ同じ頃に生まれた画家の周囲は、わたしがすぐ思いつく人びとに悲痛を聞きがちな独特な文化をもつ日本らしさが時代をそめていた。

萬鉄五郎は、茅ヶ崎で療養生活をして四十いくつかで亡くなった。東京美術学校を出るときは後ろから数番の成績だったが将来は違うと保証されていた。彼の思いつきは、人がびっくりするものだった。科学的というか光学的に正確さが裏づけられた地点にしっかり立っていた。

学生時代に日傘をさした裸の芸者を描いていた。外国の流行も自分のものにして表現していた。画集の一冊は白黒だったので絵がじつによく分かってわたしには新発見だった。

「大胆な造形実験者であると同時に、画家の生まれた風土が表現とどのようにかかわるか、という問題を、作風の何度かの変容によって呈示し続けている稀有な画家である。前出の件と一見かかわりはないようだが、ある時代のムラの風景を切り口にすれば微妙な交差がないわけでもない」

借りてきた書籍をざっとみて、右の文章を大いそぎでメモしたらしいが、どこでだったかは書き忘れた。

背もたれが高くのびて日よけになる籐椅子でくつろぐ萬鉄五郎の写真は、黒いランニングシャツとパンツ姿の笑顔で、心のありようが浮かぶ数々の自画像を、自分で笑っているかのよう。なんともいい写真である。

一方、長い絵筆をかまえる絵画制作に関する写真が厳粛な中西東京藝術大学教授は、自画像をどんなふうに描かれるのか想像つかないけれど、わが家にズラリと並ぶカタログをせっせと読んでいると、肖像を描きたい衝動を感じたことがかつてあったとほんの一言どこかで見た。わたしはサクセッションだと思いついた。

鉄五郎は、茅ヶ崎で初めてミシンを買った人でもあった。家族や知り合いに、立派な服を作ってやったそうだ。経済的に売れる絵を描くより、アルバイトには浅草映画の看板描きをした。

わたしは散々骨折ったが、萬鉄五郎記念美術館の抽象画には行きつけなかった。夫のアルツハイマーが落ち着くことがあったら、二人で花巻に行きたい、と思っている。

彼の色彩は有名らしかったから、Ｊさんにも伝えてみると、彼の名前は知っていた。色彩家の彼女と話をするのも楽しみだ。

今は夫のアルツハイマーで手一杯だけれどどこへ行こうかと時々考えている。

*

戦後を盛り上げてくれた流行とファッションは、今や観光とお金になった。民主化がより進んでいるのは分かるけれど、それは、わたしたち一人ひとりにとってどういうことだろう。

バッハが作品数を次第に減らしたのは、才能とかかわりない。受け入れる人に対する不審というか不満といおうか、仕方なさによるらしい。

音楽を育てるのは「聴く人」とは聞くけれど、他のことも同じだろう。例えば、絵は見る人が育てる。信じられないどちらも。

自分の時代以外に生きるときを持てない以上、今をどう生きるかなのだ。丁寧に暮らそう。

*

正月に入るまえに病院で言われたことは、「記憶テストの二度目がよかった」だった。小学校のテストのようなことらしかった。それはいいとして、あいかわらず自覚はゼロに近い夫は、信号が赤であろうと「俺は渡りたいんだ」でとおすのかもしれない。

二、三十年で断続的にまともだった期間は、一所懸命ベースにとりくんでいたときだとハッキリしている。自分の感情に流されなければなんとかなるかもしれない。

おつかいに行ったりアクセク動きまわってから、一週間ぶりにラケットを受けとって、ボードに行き三十分ばかり打ってきた。歩きはじめは本当に歩きにくかった。足全体が動きにくい感じだったが、ラケットショップに寄ってコートへ歩いていると、かかとから脚が出るのを感じてきた。次々に人が来たので早目に引きあげたけれど、歩いていていつもと違った。足が上げられたらしい。固めに張ったナイロンガットの感触は、とっくに忘れていたので珍しかった。真新しいグリップは気持ちよかった。新しいことづくめで久しぶりの気持ちは何といっていいのだろう。

アトピーがひどかった時期、動きの途中でこわくて先に進めないことがたびたびあった。階段なんかでコワイーッと声をあげたり、家の中でかなり騒いだ。アルツハイマーの夫は、黙っていると危険なのだ。気楽そうに見えないし、気持ちが沈むと感情が人の姿をしている気がする。

最初の日、先生は考えて動いてくださいと言われた。ただ動いてはダメなのだ、不安をさそう危険があるらしい。

こんなことがあった。

近所にいくつか年上の元気な方がいらして普段楽しそうにおつきあいしている。

先日少し遠くへおつきあいしたのだが、午後、きつねにばかされた感じで帰ってきた。何を話しても、何を言っているのかわたしにはさっぱり分からないし、何か訊いてもまるで返事ができないのだ。何を考えていいのかが分からないらしかった。ポツリポツリ自分の行動を言うことはできたが、ナニがナニしてが分からないのだった。まずどこへ行ったのか分からないうえ、どう行ったのかが分からなかった。つまり、相手が分かっている場所へ自分を連れて行ってくれると思ってでかけたら、相手が迷ったということだったかもしれない。

話は前から何度も聞いていたことだったが、夫はもう覚えていなかったのだ。自分が不安でなんとか話したいらしく、二、三日ウンウン気張っていた。

いろんなことを突き合わせて、やっとわたしが察したことは、友人は大変声がいい方で、親の代から伝わっている謡を、靖国神社で奉納されたらしかった。ずっと以前に夫がそのような話をしたのを思い出したわたしがいろいろ聞きただしたあげくのことだが、夫はそんなこと忘れていたらしい。

どこへ行ったかは、話と使った切符の記憶でなんとかたどった。夫は、荷物は全部自分が持って行った。衣裳は大変重かった、友人が地下鉄の通路で道が分からなくなってしまったと言った。

帰りは謡の仲間が送るが、今まで行くとき、彼は一人で行ってたんだとか、ポツポツ三日くらいの間に出てきた。会社にいた頃、よく脇の大通りを車で通ったんだ、坂を登って鳥居をくぐって、菊のついた門を入って、まるで知らない場所でもないけどなあとか出てきた。

装束をちゃんとつけるまで付き添って、二度も人に訊いてやっと帰ってこれたそうだ。

数日過ぎて、散歩の途中で出会い、ゆっくり話をしたが、地元で会うと四、五歳年上の友人は、広い背巾が厚くて若々しい大人だったとか。どこか分からないところで、自分と同じ様子を見たときは、焦りあわてたのがウソみたいらしかった。

お互い仕事をしていた頃の話はきりなく出てくるらしいけれど、要領のつかめないことになると話にならないのだ。

仕事をしたことのないわたしは、身近かに見聞きしたアレコレを語るのがせいぜいでも、聞いてくれる相手は探せないから、こうして書きつけている。人それぞれでいいのだろう。

*

青空がまぶしくても、木の葉が朝日にキラキラ目にしみても外に出ない。気持一杯に外の空気を感じるだけでいい。年を重ねるってこういうことらしい。その時その時に出てくることを丁寧にやるだけで結構満足していられる。いつものことがいいのだ。

数日前から足裏全体まんべんなく使って歩く感じが分かったのを確かめたくてイソイソとボードに向かった。

ラケットを持ち、一歩一歩自分の歩きを確かめながら、市営コートまでの半分に当たるバイパスの信号を渡ったとき、テニスシューズとボールを入れたリュックが背中にないのに気がついた。どうしよう……しばし立ち止まった。

ここまでうまいこと歩けたんだから歩く練習だ、と家に戻った。玄関にポツンとリュックがあった。それを背負いまた市営コートに向かった。

ガットはなかなかなじまず、ボールがすべるので大変だった。ボールの違いは思ったより大きく、切りなく珍しいことに出会えるものだなあだった。同じように打つラケットの音がまるで違う。

まもなくテニスをし始めたらしい母子がやって来てしばらく一緒に打っていると、また一人来たのでわたしはひきあげた。

次にボードに行ったのは、運動会のシーズンだったのか、全部のコートは女子中学生の試合をおこなっていた。ボードは開放されていた。

小一時間打って帰ろうとすると、中年の人とすれちがった。

「帰るんですか？」頼りなげに訊かれた。「はい」と返事して歩いていると、後ろから自転車で追い抜きざま、「ぼくも今日は帰ります。あの子たちコワイです」と言った。笑って見送った。

声を出していっせいに応援するのは運動会で普通なのに、それをこわがるおじさんは可愛かった。

テニスの帰りに、下校する小学生からあいさつされるのは楽しい。ボードにいるとき、脇の道を通る子供たちに声をかけられるのもいいものだ。年齢が発散する何かに触れることが多くなった。

＊

月に一度、夫と病院に行くだけでも、わたしが見聞きするバリエーションは変化する。気持ちの動きをきめ細かく意識している。

日々わたしが感じとることを、ぶれないままにわたしの中にたまるままに、そのまま文章にしたい。八十年生きてきて何がわたしをきたえてくれたのか考えると、それはわたしが思うことだった。

思うことが現実になってゆくとしたら、それは思うことでだろう。

富岡多恵子氏が亡くなられたことを新聞で知った。ときどき新聞で拝見する仕事話を、わたしはいつも参考にしていた。方向感覚のいい方だと。

そういえば、わたしは何度もこの言葉を何気なく口にしたことあったが、どういうことか自分できっぱり分かって言っていたわけではなかったなと突然思った。自分が思いついたことを、自分が向けたい方にころがしてみようとすればぶれが少ないだろうということかもしれない。

わたしの読みちがいでなければ、御主人は美術に関係する方だった。

コロナ以来すっかり遠くなったのは、わたしの場合音楽と美術、ほとんど近づかなかった気がする。家の周囲にこもっているからとはいえ、頭の中は自由だろっともわざわざ思っているくらい遠くなっていた。

*

中学生のとき、学校見学で「ルーブル美術館展」に行った。わたしの最初の美術体験だった。現在、美術は暮らしの空間に情報と共にあるけれど、わたしはおそらくなんにも知らず、思うこともできなかったものに、いきなり出会ったのだ。

上野の国立博物館、正面に向かって左側にわたしたちは列になって待っていた。そういう集団がいく組もいく組も広場に並んでいた。すぐそばにひょろっと細い木が一本、薄い葉をそよがせているのを長いあいだ見上げていた。

何か合図があって列が動き出した。博物館の中にゆっくり入っていったのだが、何に出会うか知らないまま、いきなり目に入ったアングルの「化粧するヴィーナス」どこにあったかどうしても思い出せない。かつて家が近所だったクラスメイトとピッタリ寄りそいコワゴワ入った会場はどこにあったのか見当もつかない。わたしの腕を引っぱって何か言っているらしいのだが、こんなきれいなものが、どうしてここにあるのだろうとうろたえて、何を言われているのか分からなかった。

大画面のゴブラン織りがいく点も、きれいだなあとくすんだ色調に落ち着いて、隅から隅までながめていた。何か物語があるらしいのは分かったが、それが何か分からないのがショックだった。ヴィーナスのショックとはまったく違った。

わけが分からなかったのがセザンヌ。どうしてここにこんな絵が、と感想文の宿題に書いた。どんな絵だったか、まるで覚えていない。他にもたくさんあったはずでも何も思えなくて、酔っぱらったような「じつはまだ知らないのに」感じで最後に会場を出て、絵葉書も買えなかった。思いつかなかったのかもしれない。

「エジプト展」を観たのもそれからまもなくの気がする。ミイラは知っていたが、砂漠もピラミッドも想像しなかった。小さい装飾品めいた作品は、わけもなく気持ちをゆする美しさだったが、さてなんだろう……。生きてる感じがまるでないのはあたりまえでも、だから何なのだ？　満員の人の流れの中で夢中だった気がするが、何を思っていたのだろう。「あああっ……」とため息ついて歩いていたのは確か上野だった。

「ちょっとお話しさせてください」の声がした。わたしよりかなり年上の方だった。

どこかに腰をおろした。

「じつは、自分は鎌倉に住んでいて、鎌倉にはお寺がたくさんあります。そこをいろいろ見ています。興味ありませんか?」「はあ」と言ったきり返事できなかった。

エジプトから鎌倉にキュッと向くことは、そのときむずかしかった。

小学生のとき、葉山で一夏過ごしたことはあった。二度目に行った葉山は逗子に近かった。子供のわたしは好奇心も知らず、毎日同じことをしてあきなかった気がする。

それから数年後だけれど、行ったことのない鎌倉は何にも想像つかなかった。なにしろ行くときは、母にお手伝いさん、子供五人が車につめこまれ、父にはこぼれ、行ったところのぐるりで夢中で過ごしていたが、あたりを歩くこともしなかった。森戸海岸に行ったときは、すぐ裏に山があって、登り口もすぐ見つけたのに、父が来て兄弟全部と登ってみるまでそっとしていた。それから毎年葉山に家を借りていた同級生と妹とで山に登って写生した。

母やお手伝いさんがどうしていたか覚えていない。列車で行ったことないから駅がどのへんか考えたこともなかった。二度目の葉山は近所に他の同級生も来ていて、学期が始まったとき、わたしたちがいた家は、質屋さんが持ち主だと教えてくれた。

なるほどだだっぴろかった家は、風呂場が大きくしっかりしていて、引きあげるとき、足の悪い持ち主が屋根裏の宝を見せてくれた。鎌倉から通学しているクラスメイトもいたのに、ただそう聞いていただけだった。

その頃から何年も過ぎていたのに、わたしは何の進歩もしていなかったらしい。黙って顔を見ているだけだった。ちゃんとした身なりでどっしりした人だった。

お寺の話だったから仕方なく、「ついこのあいだ、修学旅行で奈良と京都に行ってきました。旅館は本能寺の隣りでした。奈良はバスで行きました。土ボコリの道を歩いて、二本の柱のあいだを通って小さい木の小屋の中で、ガラスケースに入った有名な仏像と一緒にいくつか並んでいたガラスケースのまわりを押すな押すなの感じでぐるっと見てまわりました。左隅の少し高いところにむきだしの背の高い仏像が立っていて、暗くてよく見えませんでしたが百済観音でした。足元は土でした。鎌倉のお寺はどんなですか?」とか話した。

「自分はまだ関西の寺は知りません」

相手の人はわたしの年齢を読みちがえていたかもしれない。わたしは小津安二郎の映画をまだ観ていなかったし、鎌倉はエジプトより遠かった。

*

わたしの父親は十五歳で商人になれと奉公に出され、二十五歳で独立し商店を営んでいた。結婚した母はいつもお手伝いさんを置いていた。戦中は父の田舎から、戦後は新潟から村長の娘さん、校長の娘さんらいつも四人くらいいた。

夜は母が彼女らに洋裁を教えたから彼女たちは自分で服を作りいつもキチンとしていた。縫子さんになった人もいたし、村に帰りたくないと言って母が嫁に出した人もいた。母が自分で募集した、仙台からバスで十時間以上かかる山奥の村から来た二人連れは、じつは歌手志望だったのでまもなくやめることになった。

母が二人に宝塚の切符を買ってきたので、わたしが付き添いでアーニー・パイル劇場へ観に行くことになった。二人は涙をふいたり、飛び上がったり、わたしが知らなかったスターのうわさを語り合ったり、大感激の手紙が山奥から母のところにきたそうだ。

母は、若いときデザイナーとして会社勤めをした。祖父にしっかり教えられた技術を持っていた。洋服ダンスにグレーのフラノの上着がかかっていた。紳士物で大変評価された母の作、絶対誰にもさわらせなかった。

絵にも才能があった。スーッと引いた線が生きているのはわたしにも分かった。そこらに咲いている花をくっきり描きとるのはたびたび見たし、学園友達と絵を習いに行った期間もあった。じつに見事なきれいな線描きのビーナスのままやめてしまった。光と影をそこにつけるのが嫌だったのだろうとわたしは勝手に思っている。

何かがきれいというのを聞いたことなかった。花もおそらく買ったことなかった気がする。質のいい婦人雑誌はかかさず買っていてわたしも楽しんだけれど、母は何か記事を読んだとは思わないし、新聞もまるでみなかったようだ。パラパラながめた範囲のことをしゃべるのは大好きで、お茶の時間はじつににぎやかだった。わたしはよくそばにいたが、何が話されていたかまるで思い出せない。誰もがつらい戦争を知っていたから、その頃は気楽に笑うだけで十分だったのかと今思う。

学園時代の仲良しがときどき来ると、母はまったく話さず、ただ聞き役に徹して友達を喜ばせていた。おばちゃまの話は、世間的に珍しいこと、家庭内の悶着も人間関係がしっかり伝わってきて暮らしの中身が面白く、はたで小耳にはさんで楽しかった。おばちゃまは子供時代、フランスで暮らしていたからそのとき家でフランス語を教えていた。わたしの妹も習いに行っていた。

母は描く能力はあったかもしれないが、完成したのは、祖父の洋裁本のデザイン画と弟の夏休みの宿題に提出した本立て、側面の模様が絶妙のバランスでじつに色が鮮やか、わたしがもらって家にある。

現在のわたしより歳とってから、弟の嫁さんと近所で日本画を習った。習字道具と一緒に、狛犬の短冊をわたしに届けてくれた。先生があっと驚いたのが手にとるように伝わった。

かつて我が家は既製服問屋だったから、母はチョクチョク技術的なケチをつけていたけれど、大勢いた女の人たちとまともな話はひとこともできなかった。

会社の中で仕事もなくウカウカ過ごしている間に気位も自身も失くしてしまったようだった。持っている能力は自分できたえなければ消えてゆくのだろう。

母の弟の叔父は、軍隊から帰って来て、雑誌社で働いた後、父の会社で裁断部の長をしていた。

祖父は四人の子供をそれぞれに合う躾というのだろうか教育か、完璧だった。

薬科大学を出た末っ子の叔母は、遊びにくればわたしたちが寝るとき、アラビアンナイトの話をじつに上手に話してくれた。ものすごい声量を持っていたから謡もできたとか。

まん中の叔母は、大阪の洋品店に嫁に行き、注文服のほうを引き受けていると聞いた。

祖父は自分の目が見たきれいなものを、じつにたくみに自分の生活にとりこんでいた。田端の家の玄関には、祖父の写真と一緒に、ピカソの泣く女の複製が額に入れて飾ってあった。その頃ピカソなんて知らなかったが、なんて珍しいきれいな絵だろうといつもながめた。たくさんバリエーションを持った絵だけれども、祖父のところにあったような品のいいものは見たことがない。

わたしが見ていると、そばにきて「人は動いてやまないとその絵は描いているんだよ」と説明してくれた。

トイレのドアノブが、透明な細いカットグラスだったのもびっくりだった。

横に広い玄関の片隅に収まった木の本箱の大きさがピッタリで、中には新潮社の世界名作全集が全部そろっていた。後にわたしも利用したが叔父もよく読んでいて、じつに楽しそうにチョコチョコッと話してくれた。

「『モロッコ』を十九回観た」なんて言われたが、何のことか分からなかった。

社交ダンスを習った話も、びっくりする熱心さだった。戦前の楽しさって品がよかったらしい。

俳句はてんから駄目だったが、散文は、紙が真っ赤になるほど祖父から指導されたとか。級友か先輩か、卒論の仕上げを手伝って、うんと喜ばれたとこっそり教えてくれた。

*

祖父は紳士服の審査とか、俳句の選をしていたとか、ときどき人が訪れていた。

ときどきお金が入ったらしい。祖母に「着物をお買い」と渡した。楽しみに待っていたのにちっとも見せない。どうしたと訊いたら、「銀行に預けましたってさ、しようのない奴だ」と聞いたことがある。

小さいときに祖母は童話本を二冊わたしたちに持ってきてくれた。母は手もふれなかったが、その頃の神田の大きな店にも売っていないと思った装丁挿絵の見事な本だった。

母は友人にさそわれて学校に行き、フランス人のマ・スールに習ってきれいな文字でノートをうめていた。きれいな文字を書く職業の男が二人知り合いになり、どちらか一方に大きな遺産がころがりこんだ。二人は世の中のためを散々考え、さまざまなことをやってみた……で二人は元の職業にもどったかもしれないといったおかしなフロベールの小説があった。

母は子供にじゃまされて何もできないと、いい暮らしていた。わたしはまるで逆だった。何か自分ができることを一所懸命探していた。何ができるか考えても思いつかず大げさにいえば苦しかった。読みたい本を探す方法が分からなくて、勉強の仕方も分からなくて苦しかった。

わたしは何かを探していた。つきつめて考えたい、キューッとわたしを引っぱってくれる何か、じゃ何のため？　何のためか考えることはさけていた。とにかく思ったままに行動してみたかったのに何か思うことは難しかったから、本を読んだが、読みたい本を探すのが苦労だった。どこまでも堂々めぐりだった。

*

それまで一緒に暮らしてきた家族のよりかかりぐせがなんとなくしっかり見えてきた。十五で家を離れた父は自分のやる気は十分だと思っていたのに、何かと母によりかかる気がした。知人の誰それが常に引き合いに出された。母は知らない人とはろくに口もきけない人なのに。

今、手にとるように分かることは、父は母の気どりに気づくひまがなかったのだし、世なれた人の言うことを、人が良くてまともに聞きすぎたのだし、ちゃんとした自分で育てた教養を持っている祖父がただ煙ったかったのだ。

祖父はわたしたちを気にしてよくやってきた。母はわたしの愚痴をいつもまっさきに語った。わたしに直接何か言うことは、まったくといっていいほどなかったのに。

祖父がいきなり「こいつめっ」とわたしにかけた言葉で納得した。母が言わせたのだ。

世間はあぶなっかしい鍋底景気のさなかだった。とにかく父は祖父と自然に話せなかった。末っ子の叔父は、祖父にとことんめんどうを見させて、会社を大きくすることができたのに。

その頃の祖父とわたしは偶然、須田町で出会ったのだ。わたしが停留所にいると神田駅のほうから十字路を曲がって来た。誰かとどこかで会う約束があったらしい。顔をちょっとのあいだ見つめ合って何か言って別れただけだが、祖父にわたしが見たのは、ごく普通に人と話ができるというか、話し合える人の印象だった。わたしの周囲にはないものだった。祖父の立ち姿をなかなかだと見ていた。地に足がついているというか。

わたしたちが子供の頃、会社の中に暮らすわたしたちを心配して、なにかと助言してくれた方をわたしはしっかり覚えている。そのとき意地になって反対した母は、会社の中で気ままにすごす習慣を、もう打ち切れなくなっていたようだ。

とこうする内、世間の流れは変化しはじめていた。一度始まった動きは、個人の力でどうにもならないものだった。

隣りあって暮らすようになった祖父は、自分の思い違いに気がついてかなりショックだったらしい。家庭の中のことでも、いったんできてしまった流れはそのままにするしかないのだ。

わたしは祖父が最後にした仕事をしっかり見るというか知ることができた。夏休みに近くの女子校に週イチの講座を何日か持ったのだ。俳句詠みから服飾に仕事をのばし、ＮＨＫで何年か婦人講座を持った人だったから、最後の仕事は楽しかったろう。

小柄な肉づきがよい姿に、薄手のＹシャツをゆったり着て、蝶ネクタイ、パナマ帽を手に「アッカッタア」と帰ってきたときの声がじつに気持ちよかった。

何かをする力がなくなっても祖父は自分で自分を守ることができた。

＊

現在のわたしたちは祖父と同じ年齢にさしかかりつつある。自分たちが自分たちだけの暮らしを持ってからのことを振り返ってたどることを、それしかできないからやってみる。

東京に暮らしていた時を越して浦和に住んでいる。しかも一点に、最近はわたしたちだけで暮らしている感じ、世間とはＴＶと買い物でつながっている気がする。ときどき行くのは病院、典型的な年寄りの暮らしである。

わたしの一日はじつにせわしなく、アッという間に過ぎてしまう。若いときの時間がどんなにたっぷりしていたか、ウソみたいである。

町そのものは日々変化していても、わたしの暮らしとの接点は変わっていない。駅前に出現した図書館は予想外で、わたしは初めて図書館を利用できるようになった。初めてというのはいつでもうれしい。新しい気持ちでまた始めてみよう。

*

浦和に住んで数カ月たっても建築事務所の助手はほとんど毎日仕事に来ていた。どうぞわたしたちにまかせて口を出さないでと言われたのでまかせていた。設計者の兄貴分だという熊本大学教授が見に来てくださった。夫は以前からあれこれ言ってうるさがられても、大先輩と敬服しきっていた。食事をしながらこんな話になっていた。

「自分は大学を出た後、エチオピアのハイレ・セラシエ大学で二年教えていた。そこでは何かあれば助かる人と助からない人が、歩いていても、乗り物にのっていてもしっかり区別がついた。日本に帰ってきたとき、みなが同じに見えて、それが怖かった。人間の歴史は古い、ありとあらゆることを人はすでにやってきている。ことさら新しいことなんて何もない。だから自分で考えて行動することを実際にやればいいのだ」

何気なく言われ、ハアと聞き流したことがしっかり残ったから、何か思うたびによすがとなった。

夫は彼から「サクセッション」を伝えられ、わたしに始終その話をした。数冊の建築本と『ヌピア』『アルハンブラ』の写真集を、これはなかなか手に入らないとくださった。忙しくて本屋に行くこともままならなかったから、そのときわたしは全部読んだ。難しくて分からなかったが、頭一杯に残る読書は初めて、スリルがあった。

サクセッションの実際にもまもなくめぐり逢えた。その頃「ダ・ヴィンチ展」があり、わたしは「受胎告知」のポスターを電車の中で見た。マリアの前の机は、側面を飾る横綱形の花房がくっきり目に残った。

まもなく、かの建築家の設計した神社の写真を見せられた。神社の高い鳥居の中柱がぷっくりとした丸みでふくれていた。

引っこしで段ボールにつめた本の他に、夫が自分で買って小包にして持ってきた岩波の『世界の歴史』が全冊、天井のへこみに並んでいた。読めもしないものをどうして？　ムカッとして、しばらくにらんでいた。現在のアルツハイマーの原因その一だ。

気がよくて軽くて、自分を知る努力をしない、いいかえれば、労力を使わずに自分に期待するアパレル男、しばらくして、なんとなく読む必要がある気がし始めたのはわたし、読み出した。最初の部分は、大変すぎて思い出すことはなにもない。その内本気になって分からなくても読み続けた。今思えば、手もつけずほうっておいたら、わたしの暮らしは今と違うものになったろうなと思う。

＊

どういうきっかけがあったのか、東京駅の丸ビルに、デパートの毛糸売場にはない色調のノルウェー産の粗い手ざわりの毛糸をみつけ、その糸があるかぎり、次々模様を考えてセーターを編んだ。デパートで色の豊富な毛糸を買い、それもあきるまで次々編んだ。暮らしが単調だったから。で、すっかり体がなまってテニスを始めた。『世界の歴史』も近世に入りあきてきた。

ボールを打つのは楽しかったし、体も楽に動くようになって、クラブに入ろうとすると周囲から猛烈に反対されてびっくりした。

「ろくなことない」と次々に言われた。夫の仕事の知り合いは、自分がめんどうみるから神宮に入れなさいと忠告してくれたが、夫は「あいつは本ばかり読んでいて運動なんてしたことないから」としっかり断ったとわたしには一言も言わなかった。

わたしは車に乗らないから、電車と徒歩で行けるところを探すと、ほとんど行けるところはなかった。かなり遠かったが、自分で行ってみて設計とコートがいいところにやっときめた。

「ろくなことない」と人が言った意味はまもなく分かってきた。自然に自分で分かるだけで人には相談しないのがわたしのくせだった。

　わたしが何かしようとすると、「何のため？」母はすぐ言った。「どうするつもり？」とも言った。で、自分はなんにもしようとせず、茶飲み話で、笑いを一所懸命作って、自分の暮らしをなんとなく肯定していた。

　百にあと一歩まで生きて、わたしに狛犬の短冊を送ってきたのは、品のいい生きている絵が描けたことにホッとしたからだろう。

＊

　考えるって愉快なことだと気がついたきっかけは、東京のテニスクラブに入ってすぐの偶然の出会いだった。

　テニスクラブへ駅からゆるい坂をのぼって、高速道路下を横切ると、向かいの通りをエッホエッホとゆったり大きな歩幅で走ってらしたテニスウェアの方と直角に出会った。ちょっと頭を下げただけで自然に並んで歩いていた。

「わたしはここしばらくヨーロッパに行ってました」「はあ」「何をしてたかといいますと、各地の図書館をまわっていました。十五世紀は、ギリシャ研究が非常に盛んになりました。あちこちの図書館にある文献を調べていたのです。その頃は紙は貴重品でしたから、研究者は、本の欄外に宝石のような文字で書きこみをしているのです。それを虫メガネで読んで、正しければそのまま、まちがっているものを探して、どこでまちがったかを探してました」

　わたしは言葉もなく以前読んだ『世界の歴史』を思い出そうとしていた。何かの映画でみたヨーロッパの図書館をせわしく浮かべたり、「はあ」「とりたててどちらにもお世話になってません。まったくわたしひとりで」

　植え込みの向こうを車がうなって通りすぎていた。

「向こうの人たち、車の運転乱暴ですよ。ハンドル握るととたんに顔つきまで変わって、コワイ、コワイ」

　クラブに着いた。

　大学だって国や企業の援助なしに何ができるだろうか？　まったくひとりでなさった。こんなケタハズレな行動を普通の顔してお話くださった。

　家に着き、『世界の歴史』をすぐ見た。大学の授業のために書かれているのか？　お話の気配はすぐにはみつからなかった。

　とにかく探すなら本、途中でやめていた『世界の歴史』を最後まで読んだ。ギリシャのほうも見直して、ついに鍵になる個所をみつけた。どこかの注に、○○氏がかく訳されたの文字がみつかった。クラブで機会をみておたずねすると御本人だった。

「トーキュディデース」と実際に発音してくださった人の「戦史」も、いくつかのギリシャ劇も読んだ。じつはもうほとんど憶えていない。だから話にならない。

＊

その頃、世間はイタリア・ブームで、アパレルは何度かに分けてイタリアにくり込んでいた。その折、完璧な通訳だった女性と親しくなった夫は、彼女の先生だった日本人女性の本をたくさん買いこみ読んでいて、わたしにもしきりにすすめた。それが須賀敦子さんで、イタリア女性は日本に留学して、東京工業大学で博士号を取得し、現在はローマ大学教授なのだ。

　そういう話は、いつも夫から聞くだけ。わたしは家とテニスクラブを行き来してラケットを振って暮らしていた。

　ある日、新宿で乗った電車がたくさんの人を降ろし、ガラガラになった空間を、小柄な男が斜目に飛んできた。「ナニヲスルッ！」怒声を浴びせた若者が目に入った。一瞬誰もがハッと頭を下げた。

　ショックを抱えたままクラブに着き、フロントで「おじさんが宙を飛んできたの。ショックでしたぁ」と小声で言うと、やっと息がつけた。

　ケイタイが急激に広まった。乗り物を利用し出し、珍しいことに出会いもしてときどき書いてみることがあると、わたしはまるで変わることがないらしかった。

「電話のない暮らし」を新聞に投稿すると載せてくれた。毎日読む新聞だから、しばらくして係りの人が変わったような気がした。

ときどきお話するようになった教授に「変ですよ」と話すと、「読んだことあった」とか。

わたしが手にしていた雑誌を「その本、編集者が替わったでしょう、どうですか？」

わたしが好きだった座談の連続物は打ち切り、誌面の面白さがスーッと薄れていたのを御存知なのか？

雑誌は夫が買っていても読まないのでときどき読んでいた。イヤイヤ載せてくれたと言っていた。

わたしの「言葉の花束」のことは話さなかった。

どうせ「忘れ草　ここに幸あり青い空」だったから。新聞の購読はやめた。

わたしは何とかしようと思わなかった。時代はまた変わるだろう。どう変わったって合わすのは難しいことだろう。

仕事をしている方々は、つくつく成果をあげられよう、わたしは家にいて本を読み、外に出てお日様を浴びてボールを打っていた。

あれから四十年、現在を書くことは必要な気がする。

役に立つことは考えないことにしている。役に立つことをするには、予想外のときにお金がいることを周知させるために、何がされているのだろう。

＊

ポール・セロー『ダーク・スター・サファリ』(杉田絵里子・下村純子訳、東治出版)、マルグリット・ユルスナール『なにが？　永遠が』(堀江敏幸訳、白水社)の二冊を図書館で借りた。ユルスナールは『ハドリアヌス帝の回想』がかつてヨーロッパで評判になった八十歳を越す作家であると須賀敦子氏の本で知った。彼女はイタリア人の編集者に教えられたとか。

文学のお国柄的には、イタリアはわたしには遠い国で、スタンダールの作品が面白かったくらいだが、ハドリアヌスは、きっと出たての頃に買って二度読んだ。ユルスナールもハドリアヌス以外は興味が湧かず、借りた本も途中までしか読まなかった。

アメリカ人のジョージア・オキーフは、初めてイタリアを旅行して、即座に「なんという俗悪」ときめつけていた。それでわたしもイタリアを納得した。クロード・ロランにだって、わたしは硬質のあこがれを見る感じ。アレッサンドロ・マンゾーニの作品は特別だけれど、作者はこの一冊しか書かなかったのも納得だった。

「これだけ見ればいいんだっ」とかつて夫と友人を誰もいないドナテルロの「マグダラのマリア」の前に案内したのは、ドイツ生まれの彫刻家、アメリカと日本に暮らすデイヴィッド・クリスチャン。

楽しさ一杯の日本は、あんこのあるイタリアか？イタリアは一番(?)栄えていたときに、すでに創造力はなくなって、力にまかせてとれるところからとれる物を何でも奪って来て、凱旋門やら記念建造物を組み立てていたのだ。現在はいろいろな権利があって、常識ある人はそんなことしないですんでいるらしい。

ルネッサンスの展覧会は数々でかけた。心底衝撃だったのは、現在休館している東武美術館のメインコーナーで、ブルータス、アンティノース、ホメロスの肖像彫刻が並んでいるのに出会ったとき、ブルータスの本物の輝きに肝をつぶした。未完成のミケランジェロの作品とそこで初めて知った。つまり、時代は天才をもありきたりにする力を持つらしい。アンティノースとホメロスは物語の象徴らしかった。

わたしは高校を出て時間があったとき、ある画塾に入会した。ズラリと二十くらいも白い首が並んだスタジオを、遠くから名品ぞろいと思いこんでいたので、いざ描くつもりになってながめてどれもこれも気に入らなくて、えーっと気落ちして焦り気味に一つずつながめていって最後に、「これっ」と指した。「これがいいの？」と逆に訊かれた。「はい」ときっぱり。

その前に座って、かなり長い時間を二度、三度すごした。急に忙しくなって行く時間が作れず、もっと家の近くで探せばよかったと後悔した。今ふり返って、小さい教室にはたしてブルータスはあったかなあとは思う。

ついでもないがつい考えたのは、チラッと見たことある母が画帳に描き残したもの。うつむきかげんの額とはえぎわが魅力的な女性、描かれた線がまったく同じで美しかった。光と影をつけたくなかった母の気持ちが分かった気がした。おもかげのままに……。

ブルータスに集中してにらめっこしていたわたしの時間、あれは何だったんだろう。

別な時の東武美術館、メインコーナーには大型の油絵が二、三点、その前に等身大のヨハネ像。

「ちょっと、ちょっと、あなた、これをごらんなさい」

急に腕を引っぱられた。

「このヨハネ、いいでしょう？　このポーズ、こっちの足が……」

かなりの年齢の方に熱心に言われた。国博でもそばにいた人に熱っぽく何か言われた。同じくらいの年齢の女性。

美術館が各地にふえたから、満員といっても会場にゆとりができたのだ。デパートの特設会場の頃とかなり雰囲気が変わってきた。

ぜひとも人に何か伝えたい衝動って人それぞれに持っているものらしい。だからわたしもこうして書いている気がする。

*

ユルスナールの作品は、以前短編をいくつか読んだ。このたび借りたものは途中でやめてしまった。その感じはたとえてみればアルハンブラかもしれない。わたしはあそこで暮らしたくはない。

ユルスナールの父親はローマが好きでしっかり研究した人だとなにかで読んだことがある。娘を作家になって欲しいと教育したとも。わたしは六五〇ページもの分厚い、カイロからケープタウンまで地上を横断するわたしと同年のアメリカ人男性の本を借りていた。アフリカで本物のサファリを経験した夫がもしかしたら読むかもしれないと思った。

作者は大学を卒業した後、イギリス人の指導者のもので、アフリカの生活向上のために働いていた。結婚して子供が成長した後、妻は外で働き、作家生活をしていたが、もう一度もどりたくなったのがアフリカだったのだ。わたしの記憶だから違っている点あるかもしれない。年月たって指導者がいなくなったアフリカは、惨憺たる有り様だった。一年以上の年月をかけ作者は記録を残した。

熊本大学教授にいただいた『ヌビア　エジプト文明の遺跡』（マックス・ポル・フーシェ／文・写真、杉勇校閲、酒井博六訳、新潮社）も再読しておいた。夫と話がはずむようにというか、わけわかる話にしたかったから。

数千年、数百年の時をたたえる写真の数々は過去の現実ではないけれど、わたしと同じ年齢のアメリカ人が記録したアフリカサファリと重ねてアフリカのナイルを見て、わたしの思うことはふえた。わたしは夫にも読むことをすすめた。アルツハイマーで日常の生気をなくしても過去の記憶はなくならないらしい。

面白く読んでいる様子は予想以上だった。ときどき思い出すままを言葉にしてぶつぶつ話したり、面白がったり、図書館の延長手続きも自分でやれた。日常の事々は忘れるのが早いというより、今の記憶が残せない感じなのだ。自分に都合のいい病気の気がする。

かつてイタリア・ブームのとき、アパレル業界は数度にわけてイタリアにでかけ、夫も参加した。ウガンダにシャツの会社を作った方と飛行機で席が隣りになり話がはずんだらしい。その方がイタリアに着いてすぐ、ホテルのロビーでカバンを盗まれた。イタリア側もふくめて皆で協力して援助できたらしい。

ウガンダ大統領から「友達を助けてくれてありがとう、来てもらえればサファリができるようにします」の招待状が業界新聞に来た。ほんの数人が希望し、夫もいさんで参加して、珍しさ、楽しさ、怖さも満喫して帰って来た。

今の夫に残っているものは、どう暮らして来たのかの記憶、思い出すのを助けてくれるのは何より本かもしれない。本の中には人の状況の様々が、分かりやすく書かれているから。

*

Ｗ杯予選が始まり、ある晩一人でＴＶを見ながらどうしてドイツ側に日本選手がいないのだと前半文句を言い続けた。

ＴＶは古いし、わたしの耳目も悪い。ＴＶの解説はまるで聞きとれない。選手一人ひとりの動きだって画面に認識しづらくて、野球中継のようには筋が分からない。新聞にその日の選手の役割がちゃんと図になっていても、読むことを知らなかった。

　翌日のニュース番組で、前半は後ろを四人で守らせたからと分かり、そういう知識も必要だったのかと分かった。

　うっかりバアさんのドイツ対日本観戦記後半になると、八割のボールをにぎり続けるドイツに変化がなく、日本全体の動きがいきいきしてきた。同点ゴールは試合の流れのなかからうまれたし、次のゴールも目撃した人の記憶にハッキリ刻みこまれるものだった。わたしは青いナイルを思った。

「砂漠に緑・蘭・らむ・ラン！」

　頭がまっ白になる、という言葉を自分で使ったことはないが、聞いたり読んだりしたことはある。何かのはずみで正常に頭が働かない状態らしい。ここ数年の夫の暮らしとまともに接していると、夫は日常じつにしばしばこの状態になっているようだ。アルツハイマーの実情、この頃イライラが少し落ち着いてきたのは、そうなる状態になるのを家族が分かるらしいと安心感ができたからと思える。とにかく俗にいう「ヨクナッタ」なのである。

　外の世間に関心をなくし、好きだったスポーツ観戦もしなくなったのに、先日の日本対コスタリカのサッカーは、初めから終わりまで熱心に見た。ＴＶの前で二時間余り一緒にいたのはまったく何年ぶり。

　観戦しながらわたしは無意識に何度か言った。

「ホラ、この頃のあなたみたいじゃない？」と。

ところが夫もそれをじつに生々しく感じていたらしい。心身のどこかが異常になるって、いつでも誰にでも起こるらしい。人は脳からの指令で行動するといっても、脳がときに狂うことって、大小の違いはあっても、いつでも誰にでもあるかもしれない。歳をとって病名をもらっても、対処するやりようはいくらもあるらしい。

どこかチグハグに見えた試合を、わたしたちは自分たちの記憶と重ねて、冷静に平静にと念仏をとなえるように観ていた。

*

わたしはテニスが好きなことが大事で、いろいろ工夫してラケットをにぎり続けた。何もしていないのにこの頃の暮らしはただ忙しい。

考えることとって馬鹿馬鹿しいほど時間を食う。何かが好きであることはいいことだけれど、そこに筋道がないとつまらない。一本筋を通すために考える。よって時間が過ぎてゆく。馬鹿馬鹿しい限りである。

たとえば、わたしも夫も美術好きは共通だけれど、ごく若いときに何か話していて、同じものを見ても見方が大部違うことに気がついた。

大学に入ってからはまったく描かなくなったわたしに対して、描くことに熱を持っていたから、わたしの知り合いの画家の方がデパートで大きな絵画展に参加されたとき、「教えてやってください」とお願いした。当時は絵画ブームだった。

芸大を出て日展無監査、人物画で定評を持つ方は、夫が選んだ絵を見て、じつに適切なもの言いで御指導くださった。さすがだなあとわたしはそばで見ていた。

子供たちが浦和でお絵描きに行っていた彫刻家の先生にも連れてゆけというので連れてゆくと、いろいろ話してくださった。年齢とともに分かってきますよ、とも言われた。つまり、わたしは自分の直感から考え始め、夫はそれに先立つ自分が聞いたことにまずこだわるということだった。

それだけ夫は周囲に恵まれていた。田舎育ちなのに珍しいといえば聞こえがいい。

おかげであろう、美術関係に近づけて、大資産家の画廊主に「この人面白い絵の見方をする」と気に入られ、ウォーホルのところへ連れてゆかれたし、坂本龍一氏のお宅にも連れてゆかれたとか。

日本美術の権威の如き方にもひいきにしていただけた。わたしは話を聞いていただけ。

それなのに現在、自分がうつろで自分でも困っているのは夫で、わたしは面倒を見るのが面倒で始終怒鳴っている。

よそからの情報が日々入る娘は、自分の心配もあって猛烈をきわめるばかり。とは言え自分の声は自分のものでしかない。

＊

子供のときにあるかないかの能力を認められ周囲に大事にされても、大人になるにつれ保護者は欠けてゆく、自分の意志も変化して何か知らん欠けてゆく。老年になれば自己意識しかないのがあたりまえでも、それが寒くて仕方ない。運動しなくちゃと勝手に動いて暮らしからはみ出れば苦労になるのはあたりまえなのに。

中学のとき、母親が探してくれた師と出会い、学校と別に個人教授を親しく日常的に受けられた。気が合ったのだろう。人に好かれる素質が生来あるのだ。運動能力の他にも書道が好きだった。高校の中途で東京に出て来て、書道で皇后陛下の賞状をいただき、全国紙に載ったとは、わたしは初めて聞いた。

自分の仕事の後、アメリカ人のＪさんの保証人とかで、色彩家の彼女の手伝いをしていた。そこでずっと書と絵を描いていたが、コロナでＪさんの仕事がなくなり、書や絵が遠くなって、何かと寂しく、いろいろ思い出したのだ。結局、人のおかげだったものが一つずつ消えてスキマ風はきついのだ。

何をやっても無器用で、何もできない子であったわたしと大学で出合った。わたしが始終出たり入ったり本屋街を歩いているのが、いかにも楽しそうに見えたというのだ。わたしは今でも子供の頃とまったく変わっていない気がする。だからろくでもない人のままなのだ。

＊

大学に入りたての頃、「風浪から風浪まで」とよく聞いた。「何だろう？」なんとなく新鮮だった。

わたしは下町から田端で暮らしていたから、映画、歌舞伎、新派、宝塚等は親しんだが、新劇は縁がなかった。大学に入って初めて別な人がいるのに気づいた。

学生劇団は元気で、小劇場運動までを身近に見てすごした。興味はまもなくうすれていった。そこに参加している人たちに同化できなかった。人から見たら致命的だったらしいが、わたしは元のままでむしろよかった。その頃の流行は、変わることだったからわたしには向かなかっただけ。

「風浪」（木下順二・作）の再演はわたしが入学する前年だったから話題としてときどき聞いていてもそれですんでしまった。社会主義の話題は色あせ、共産主義が語られるのは、どこかのなにかに中国からお金が……以上ではなかった。「オルグ」なんて言葉があったし、そうした一人が劇団を牛耳る事態もまざまざ見た。

サルトルの『自由への道』が話題でドラマ化されたが、原作がまるでつまらないのにどうして面白いシナリオになるのだろうと思った。サルトルもボーヴォワールもきらいだったからどうでもよかった。主義はいかがわしかった。

大学入学から二年余り、これからの社会は社会主義に進むはずであるとわたしにいろいろ教えてくれたのは、政経学部政治学専攻の二歳年上の女性(藤本和子)だった。彼女には劇作家志望の将来を決めた人がいて、二人ともしっかり勉強していた。

彼女は母親に言われて、ＹＭＣＡで英語とフランス語の通訳ができるだけのものを身につけていて、大卒初任給一万七千円の頃に、月に数万円稼いでいた。雑談はほとんどなし、世間的なアドバイスを時折チョコッと手短にしてくれた。

彼女はわたしが小学校のときに知った二年先輩の友達だった。その先輩の母親は、その頃誰でも知っていた評論家だった。

朝礼が終わり、わたしたちが列になって校舎に入るとき、入口に立っていて、脇を通るわたしのホッペを「マッ、カワイイ!」とつっついたことがあった。まったく自然に堂々と。わたしは何とも思わなかったし誰も何にも言わなかった。きっと彼女はそれから他の学校へ行ったのだ。

大学の先輩がキッ子キッ子と言うのは高校の同級生で、わたしの小学校の先輩、なんとなく笑えた。あの頃は、普通の人とまるで違う人がそこらに普通にいたのだ。

「破廉恥」の言葉に花マークがついたのと普通の人々の大盛況は、時を同じく序々に勢いをましていった。

まともな人はアメリカに渡ったらしい。その頃のアメリカは順調で、アルバイトがいくらでもできたとか。

婚約者が亡くなった先輩もアメリカに渡った。大使館に勤め、イェール大学に入学した。小劇場の頃、大学の演劇人を日本に引っぱってきたウワサはわたしも知っていた。

数年たった西武デパートの書籍売場で、わたしは彼女の作品がズラリと並んでいるのを見た。さまざまな女性の聞き語りの本、日本の伝統的手法で自分にできることを、彼女はしっかり仕事にしあげていた。たやすいことではなかったろう。

わたしは手にした一冊をすぐ買い、彼女の生活力が細い指からほとばしるように感じてしみじみ読んだ。

何十年かが過ぎ、図書館で彼女の本を見て借りてきた。『アメリカの鱒づり』の作者リチャード・ブローティガンについての本だった。表紙に作家の写真が大きく載っていた。数日して夫が言った。

「俺、ニューヨークで彼の出版記念パーティに連れて行かれたよ。あそこの書店はそういう場がちゃんとあるんだ。髪形で思い出したんだ」

そうなのと連れて行った人の予想もついた。そんなこともあるのかと面白かった。まともはまだ生きていた。

*

日本にいてもラーメン屋ぐらいしかできないから中国に帰って革命をするという学園同級生がいた。彼女は薬科大学に進んだが、そこでの自分の立場を吹聴するためにわたしにつきまとった。学園時代もその頃も、彼女が思うことに対して何か言うことはなかった。多分誰も言わなかった。

あるとき、昔友達の一人を彼女がはげしく非難攻撃したので、人のことをそこまで言うのはどうかしてるわ、とわたしが言うととびつくように反撃してきた。

「あなたは間違っている」とだけ言って、わたしは相手にすることをまったくやめた。彼女が信じているのはお金だけ、他はまるで分からなかった。

彼女が船で出発するから一緒に見送ってと言われ、昔友達と送った。両親とかつて両親につかえた人たちがいたが兄弟もいなかった。

彼女が中国でまずしたことは、それまで便りなどしたことのないわたしに、中国事情を報告すること、思い出を語る便りを送ること、不気味だったから昔友達も黙視。

まもなく、緑の服を着た毛主席が表紙の薄いパンフレットの厚さ二十センチもの束と、彼女の革命熱のこもった手紙と、あなたたち、送ったものを手紙も一緒にまわさないのはおかしいですねの小言を述べたものがドサっと届いた。引き取り手のない荷物は、わたしが全部処分した。

わたしの家に来た警察官は、わたしがドアを開けて「何ですか？」と言うと飛びすさった。口ごもるように後ろにさがりながら「何でもありません」と言って帰った。

以前、わたしが幼稚園のクラス会に行くと、わたしの昔友達について彼女がいた。わたしの向かい側で「幼稚園には行ってませんけれど」と言いつつ、十二年の学園生活で知人ばかりとでもいうように大声でしゃべっていた。英語の発音の難しさとか、まるでおかまいなしに言葉をとぎらせないように頑張っていた。

それまでにときどきささやくように昔友達がわたしに伝えたことは、彼女が結婚して子供が生まれたとき、母親が中国に行ったこと、彼女の中国行きに、わたしのほかたった一人反対した、台湾人の大学教授と結婚して長らくアメリカで暮らしている姉さん、その姉さんを頼って七年の努力の末彼女の一家は、留学生としてアメリカへ脱出できたことだった。

日本でとった薬剤師の資格でニューヨークで受験できたので二度受験し合格した。ニューヨークで一人暮らしをしていて、街で学園同級生に出会えた。そこでの同窓会に参加して、幼稚園の会の話を聞いて来たのだそうである。幼稚園が一緒の昔友達はまったく無言、別に気の毒でもないのだろう。

件の彼女は帰りぎわわたしのそばに来て、

「そうよそうよ、あたなには見えたって、わたしは馬鹿だから行ってみなきゃ分からなかった。あれは人間じゃない」

「馬鹿なんて言葉、気安く使わないでよ」

「なによっ、ひとりだけ幸せさんみたいな顔してっ」

彼女は、自分は強い人間だといつもいいふらしていた。これからもいつでもどこでも同じことをするのだろう。

＊

無事って本当である。何があってもわたしには何もふりかからなかった。

夫と病院へ行った帰り、図書館に寄った。最近アフリカの話題として、今後四人に一人がアフリカ人になるらしいとＴＶに流れたし、たまたまサクセッションの言葉とヌビアを教えてくれた建築家が記憶にクローズアップしたことが重なった。

彼はアフリカ人の多様性を確かに見て知っていた。なにかあれば助かる人と助からない人が一日で分かるくらいはっきりと。一方、二年ぶりに帰った日本は、誰もが同じに見えて、それが怖かったとも。

数十年が過ぎ、日本がおびえているのは少子化である。

本物の戦争が実際に起きていて、どこが何を抗議してもどうにもならない。

向けられたマイクに何かもの言う人は、声の行くところを想像できるのだろうか？

ヌビアの写真集と文章を読んでいたとき、フロベールがピラミッドを訪れていたことを知った。

アフリカをカイロから縦断したセローは、カイロはエジプトではないと皆が言っていると書いていたが、フロベールもまた意識していた。フロベールがつぶやいた「美しい顔、きたない足」はあたっているだろう。

観光客と作家の意識は違うだろう。観光客は美しい表面をながめ、作家はそこにそそがれた労力を読もうとするのだろう。

*

夫の音楽を知ったのは十年余りまえ、たまたま鳴った電話の受話器を夫がとったのがきっかけだった。

「アベ、おまえベース弾いてくれよ」と言われてでかけたが、ドレミのドがどこかも忘れていたそうだ。多分その頃すでにアルツハイマーだったのだろう。たえずぼんやりしていた。

学生時代の友人と再会して、おつき合いは三年くらい続いた。音楽にのめりこんで元気だったが、長続きはしなかった。友人が一人、二人亡くなった。音楽仲間の死は相当こたえていた。

わたしがテニスで知りあったコンピューター関係の先生は、最初から自然な会話がもてた浦和で初めての方だった。そちらの縁で、夫をスーパーシニアバンドに参加させた。

指揮者がすぐれていて、五、六年でベースも進歩したのにやめてしまった。コロナのせいもあった。

本の話に戻りたい。

マーク・トウェインの『ハックルベリー・フィン』と『木下順二全集14』を借りた。ハックルベリーはわたしが先に読んで夫に渡した。木下順二はドラマの世界と芸と現代。御自身の世界旅行における見聞らしい。

一九六〇年頃から中国の噂はちょくちょく新聞で読んだ。なんとウソくさいくたびれる話ばかり一杯の国だろうと思っていた。蚊も蝿も一匹もいないとか、捨てたものが旅先に届いたとかの類い。それはやはり作りごとだったことの記録。

真剣なドラマは現実にあった。それは痛々しかった。そのドラマを作っていた方々は、年月の中に消えてゆき、わたしはほとんど知ることはなかったが、そっくり文章が残っている世界は強烈なインパクトで「やっぱり」とわたしに伝わった。

あの時期だから教員になれたという人がテニスクラブに入会した。自分が与えた資格は、中国だから価値が出るものだと高笑いしながらもらった中華菓子の箱を見せた。

何でも知ってるふうだったのは、かつての学生運動のおかげだった。流行の社会主義に飛びのって主流を務めた人、からっぽだから打てば響く人、いつでもメリットのある人にぶらさがっていた。多分病気に縁がない人。

*

すぐ投げ出す夫のくせはおおよそアルツハイマーだと気づいたのは、アメリカ人のJさんと娘。わたしは人のことにかかわれないのは夫も同じ。病気とおばけは大嫌いで話もしたくない。病院で宣告されても、もう歳だからそのままでいいですといったくらい。

夫の常識なしはよく分かっていたから、何があっても病気とは思わずにいた。だから夫も安心して病気でいられたのかもしれないし、内心おびえきっていたかもしれない。

病院に月一度行き出して、目に見えて明るくなったから、わたしは病院の力を信じるようになった。接する社会がぐーんと広がった。

わたしたちは自分のやり方で暮らしてきたが、世の中はだいたい七十年のサイクルで大きく変わると何かで読んで、それは本当だとわたしも思う。

わたしたち年寄りはともかく、若い人に異常に強いインパクトを与えたのは、ついこの間のW杯での日本チームだろう。あのチームの輝きは、何十年にわたってわたしたちにまといついた臭い空気、他人を気にする意識、皆が同じじゃないと怖くてたまらないに打ち勝った成果であろう。

変わって見えたときまでに至る長い年月は、三、四十年にも及ぶだろうか。

かつてのW杯で、ブラジルがフランスに負けたとき、主将のロナウドは「われわれは知的な面に負けた」と新聞に応じていた。これはなんともショックだった。

その昔、学生テニスが一流で全米で輝かしい成績を残したときのチームの一員だった方がテニスクラブにいた。

「こんな記事がありました。いかがですか？」と言うと、「ああブラジルならいうよ」だった。

「先生、知的な面なんて言葉、普通に口に出ることありますか？」

わたしは勝手に師事しておった先生にうかがった。

「『おまえ、それでもインテリか？』が効いたときもあったけどね」

苦々しく御返事くだされた。

スポーツ選手の言葉に追いつけないわたしたちの日常、オウム事件の記憶と共存している。日常的なおしゃべりはすさまじくて、何事もちょっとずつずらすのが一般的、笑いを伴う同化作用が求められた。サッカー熱だって女性の話題は、選手の奥さんだったような気がする。集団で騒ぎすぎて自意識が消されてしまったようである。

ここ数日、図書館の棚に『森有正全集』を見かけ、「ああ、木下順二の知り合いだ」と五巻を一冊引きぬいた。『新しいものと古いもの』の八一ページに見た言葉は、わたしたちに先だつ半世紀の時期を生々しく語っていた。

わたしも聞いたことがあるフランスのさる五月を入れ替わりの時としていた。デカルトを研究した方の書かれたものは、じつはわたしには難しい。細かくは分からなかった。ただ読んで自然にイメージできたものを追っている。

フランスは日本よりかなり先輩なのだろうとはいえ、違いはあるほうがいい。世間的な処置がそのように進んでいるのを、以前からスポーツには感じていた。自分たちが頑張るほかの手というか、相手の力を殺ぐたくみが際立っている。それも戦術の一つだと堂々と実行する。今朝は早起きしてＴＶを観つつ、メッシ頑張れ！　と思ったことだ。

　どういう企画だったのか知らないが、少子化が問題になった頃だったろうか、坂本龍一氏が対談形式で、新聞の一面だったと思うが、アメリカで教育を受けている御自身の子供の話をされた。

　翌日の新聞だったか、対談の内容とは合わない、坂本氏に対するたしなめ、非難、教育者の男性と主婦による投稿が同じところに載った。それきりで終わった。

　少子化の理由の一つであり、明治以来の西洋に追いつけ、追いこせの日本の努力の空しさの一端であろう。

　ド・ゴールの死後、彼が日本の招待があっても、日本を訪れなかった訳を森有正の著書で読み知った。

　日本人とは「それは仲間同士の間では何か行動することとの出来ない性格であり、未知の第三者に対しては、外側から観察することができない傾向である。しかもわたしどもにとって、仲間は絶対的になってしまう。それは人間が本当に自分という一人称『個人』になり切れないことである。すべては二人称で呼ぶことのできる仲間（それは国家的規模にまで拡大しても）の内のことになり、そこには本当の第三者、一人称の個人もないのである」

　暁星育ちの牧師の息子は、大学時代、木下順二の友人なのかしらと興味を持ったが、そうでもなかった。

＊

わたしもカトリックの学園で十二年学んだ。

「犠牲・愛徳・勤勉」の色紙が各教室に掲げられていて、ほとんどの生徒は家庭教師付だった。

大学時代、古書店でみつけるたびに買っていたプルースト、一冊でも長いものを心地よく読んでいた。買えなかったものは今も読まずじまい。その後、新しい部厚いものがいちどきに出現したときには、もう読む気がしなかったから。文庫本で短編を買って面白く読んだきり。

W杯決勝は、期待通り、筋がしっかりあってめったにない見応えのものだった。

フランス側は、前半戦でアルゼンチンを疲れさせ、後半いっきに決めるはずに見えた。それが最初からの作戦と予想していた。

TVを観ていて、フランスの若武者の姿をわたしは前半戦の画面になかなか見定められなかった。どこでどうしていたのだろう。かつて、学生時代サッカーをしていた人にサッカーはいくらでもさぼれるけれど、テニスはそんなことできなくてきつい、と聞いたことがあったのを思い出していた。

メッシは始終自若としていた。後半いっきに追いつかれても変わりなかったから、試合のストーリーをつかんでいるなと見ていた。

フランスの若武者は、後半コートにくっきり姿を見せ、モロッコ戦のような目のさめるシーンを演じたが、ライン上の攻めを一度、アルゼンチンにおさえられた点がモロッコ戦との違いだった。流れはまさに誰の目にも明らかになってＰＫ戦。アルゼンチンは、チーム全体の落ち着きで試合を制した。長い時間をかけて積み上げたものを一晩で観せてもらい、大きな感動をもらった。

また、森有正に戻れば、彼はプルーストを大変評価して、通してもう一度読んだとか。一年の予定でパリに行き、そのまま何十年もパリに暮らし、パリがドンドン好きになったと書いていた。木下順二の『本郷が好き』より行間の空気量が圧倒的に多かった。情景描写からは、どう好きなのかが分かりにくかった。

デカルト研究が専門とかで、日本論はわたしにはテニスクラブの人間関係そのもの、Ｗ杯でアルゼンチンとフランスの試合を観て、何とも分かったのは、アルゼンチンは経験をもとに積み重ねた力で試合をし、フランスは体感をとぎすませて戦ったと森有正のデカルト研究のおかげではっきり理解できた。

森氏は、日本で教えていた頃、どうやら自分が知らないジャーナリストの求めに応じて文章を書いたところ、新しい小説のように認めた人（大学の同級生で未知の人）がいたというとっ拍子もない人だった。

おかげでサッカーが今までにない見方ができて、わたしの気持ちも高揚している。ひらたくいうと、平凡な言葉で個性を表現する書き方かもしれない。日本の作品にはなかなか出現しそうもない人物がいた気配の書き方。

例えば小野篁朝臣をぼやかして書こうとしても日本の小説ではできにくいというか……フランスの普通の人でプルーストがそれをしたことをフランスの言葉のおかげと彼は考え言っているらしい。「ことば」についての章の締めくくりは、わたしにも分かりやすく新鮮だったから書いておきたい。

「こういう『ことば』に関する反省は、問題の根源が実に深いことを教えてくれる。そして日本人の『経験』と『思想』とが、このような根源をもっているとするならば（またそれ以外のどこに他の根源がありうるであろうか）、西洋との接触によって始まった現代日本文化の問題は実に複雑多難であると言わなければならない。わたしは自分の考えがあくまで正しいとは決して思わないし、事実多くの誤りがその中に含まれていると考えている。しかし、わたしは日本の思想のみならず、文化全体がヨーロッパ文明に接触した明治以降現在に到る日本文化の状況、問題は、普通人が指摘しているよりも遥かに複雑であり、深刻である、と考えている。日本の近代化はすでに一世紀前から始まっており、その欠陥も十分すぎるほど指摘されている。しかしこの近代化は行けるところまで進み続けるであろう」

*

中学校に入りたての頃、小学校から一緒だった人は、お互いを知っているだけで、人のことはとやかく言わなかった。中学で外から一クラス分の人が入ってきた人たちの中には、突然とっぴょうしもなく、「アラ〇〇さん、あなた面白いっ。そんな言い方！　聞いてよっ」と大声を挙げた人がいて、わたしはびっくり。つまり、一つの事実の表現に、普通と面白いがあるらしかった。

私語は慎むようにが校則だった。

*

半世紀もわたしたちに先立つ人の考えていたことは、バブル期の一般女性の日常からほとんどとんでいた。日韓合同のW杯の頃、普通より少々上かもしれない女性方の毎日は、表面楽しさに沸き返っていた。

テニスクラブの、学生時代から株を趣味にしていた女性が、あるとき大きく儲けたので、何気なく夫婦で海外旅行に出たらしい。

数日たって、「飛行機が日本を離れたとたん、わたしがいないテニスクラブで、どんな話がされているか急に気になったの。だんだん怖くなって旅行が楽しくなくなって、何のために旅行に出たのかしらって。で、帰って来ちゃった。今日ここで変わりないみんなに会えて、安心したわあ」

真面目にゆっくり彼女はのたまい、それを聞いている五、六人の誰もが真面目でまったく笑わなかった。

仲間同士で中心になる人の言動って、とっくに誰の手にもおえないものだった。大きな騒ぎはもう起こせなかったが、余韻を手離したらおしまいだと誰もが知っていたから、そのままいけるところまで……。

クラブ生活のにぎわいは、オウム事件と同時にピタリと消えた。

＊

カミュの『ペスト』は学生時代大流行したが、わたしは怖くてろくに読めなかった。ペスト流行をあつかっても『いいなずけ』は雰囲気が特別でじっくり読めた。死んだ娘に晴れ着を着せ、「どうかこままに、わたしも明日お願いします」。死体集めの人夫に頼む母親は忘れられない。

流行病の最中の「人情」信じるしかない。「人情」それでも人は信じるのだろう。

コロナ禍も戦争もピタリと止められるもの、もしかしたら「人情」だろうか？

わたしたち自身の終わりを見きわめるのはわたしたち自身。毎日は真剣でも、整理整頓なんてたなあげでプッツンするに違いないけれど。

＊

この頃、仕事を作ること以上に難しいことはないと思って、マーク・トウェインの『ミシシッピーの生活』を読んでいる。仕事が仕事を次々作り、経済が豊かに変わってゆく結果、仕事内容はおのずと変化する。時代が変わり地域そのものも変化し、仕事を変えてゆく。

激しい変転の末に人はまた自然に目を向け、ときに自然に入りこんでゆくのだろう。

わたしは、夫の状態は生活習慣病だときめていた。夫にポカッと欠けているものは、他人の話をまるごと聞こうと思わない子供のときからの生活習慣と思っていた。

Ｊさんは以前からの仕事がなくなって大変でも、一週間に一度は電話があり、夫と半日一緒に過ごしてくれる。わたしはせっかくそういう機会があるのだからそれを夫に語らせようと思いついた。面倒なことはしたがらないのだが、健康を取り戻すには記憶、それもそのときどきの記憶だと思えたのでとりかかった。

赤羽で待ち合わせた日、Ｊさんから「待ってます」の電話が入った。「えっ、二時間前に出ました」と言うと、「大丈夫、まだ時間じゃありませんから」彼女は落ち着いたものだった。

彼女は、自分の父親のときに、かなり本格的に勉強したらしい。

以前は渋谷へ夫が出かけていたが、買った切符を持っていられない、一人でバスに乗れないことが分かって、今はＪさんが来てくれるのだ。

「今日はどこへ行ったの？」

「池の近くのとても気持ちのいい店だった」

「赤羽なの？」

「知らない。池のそばだよ」

「赤羽から何処かへ行ったの？」

「そんな馬鹿な、赤羽なんだろ、池のそばだ」

わたしは、赤羽駅のそばというか、まわりは何十年も高いホームから眺めているが池は知らない。

「どっちへ行ったの？」

「知らない」

「駅のどっち側？」

「知らない」

こういう人なのだ。ずーっと以前から人が探した店に行くだけ、お酒を飲めばすぐ寝てしまうとか。

「いいっ、これからは少しは覚えて帰ってきてよ。わたしが分かるまで訊くから。Ｊさんがあなたのために頑張ってくれているんだから。駅のどっち側におりたの？　東京に向かった右か左か」

「ああ右。坂を上がったな」これがまちがい。

「右なら古墳とか何かあるほうよ。国鉄の跡地が公園になってる、分かる？　坂もいくつもある。赤羽神社、学校があって病院もある。思い出せる？」思い出せるはずない。

「分かった、まん中の道だ」あきあきしてわたしはそこでストップ。

Ｊさんによれば、じつは浦和に出て、いつも夫が散歩する別所沼公園に行き、そばの会館で食事をしたそうだ。

夫がどんなに人の話を聞いていないか、たったこれだけで十分分かった。ＪＲ浦和駅西口は右に出るは正しい。坂を下って県庁の横をのぼって、学校がある。そこまで歩いて、いつもの自分の散歩道に重ねられないのが病気。

別所沼まで一緒に歩き、鉄棒をさせ、図書館で音楽を聴くようにと一所懸命世話した娘が、この頃金切り声なのはあたりまえ。わたしはただただ我慢しているつもりだけれど、やっぱり怒鳴ってしまう。

＊

今年もあと数日、市営コートのボードは今日の午前中まで、来年四日まで閉じる。

朝仕事の後、小一時間ボードを打ってきた。

町は本当に静かで、散歩する二人連も少なかった。コロナの初めの頃は、走る人も一所懸命だったのに。帰るとまた野菜が届いていた。夫は髪をカットしに行くまえに弟に会えたそうだ。

静かなことがうれしい暮れが続いている。

森氏は、テニスはなさらなかったと思う。全集を読むと、現在と同じような世間を感じてしまう。

わたしが手にしたのは（4）である。難しくて、しっかりとは分からなかったが、わたしの直感は当たってると思ったので、全集（1）をチェスタトンと一緒に図書館で借りた。

今回のW杯、世の中の変化を如実に感じたが、森有正（1）と交互に読んでいると、チェスタトン著作集（4）にこんな文章があった。

「……この世では、結局、純粋の楽しみなど持つことができないのだ。そのわけは、一つには、純粋の楽しみがわれわれにも、われわれの隣人にも危険なものだということだが、また一つには、純粋な楽しみがあまりにも面倒だというところにある。かりにわたしがほかのもっとよい世界にいることになれば、ひたすらおもちゃ劇場だけやっていられるくらいの時間があって欲しいものだし、芝居の少なくも一つくらい滞りなく演ぜられるだけの天上的、超人間的なエネルギーが持てればいいと思う」

オウムと一緒に消えたのは、世をあげて盛り上げたいとつとめていた「楽しさ」だった。また盛り返されて久しい。当初不平のつぶやきもあったが、今はどうだか、わたしは知らない。

新しい宗教の身の処し方は、オウムとくらべなくても、はるかに本格的で素顔をまるで見せなかった。なぜわたしがこんなことを書くのか、世界中でもっとも難しいのは、人が働いて稼げる仕事を作り出すことだと思うから。仕事をしたことのないわたしが本気で考える変なことだ。

何年も前になるが図書館の棚に並んだ全集中に『新ナポレオン奇譚』のタイトルを見た。イギリスのジャーナリストが作者だった。ナポレオンがフランスで何をしたかは、わたしもおぼろに知っていた。イギリス人はイギリスで何をした？　というよりするのだろうと思って借りて読んだ。作者は自身の職業のために書いていた。全集の何冊かをわたしは興味津々に読んだ。全集にないブラウン神父ものも図書館にあるだけ全部読んだ。忘れっぽいわたしは、今ほとんど覚えていない。楽しく読んだなかに忘れられないことがあった。ヘンリー・ジェイムスというアメリカの作家がおられる。アメリカ文化にあきたらず、ヨーロッパに暮らした方、わたしも数冊読んだがまったく覚えていないのは面白くなかったから。アメリカ一の美女と思っていたのに、パリで見たら田舎娘に見えたなんてことは納得できるから覚えていた。ヘンリー・ジェイムスは詰まらないと思ったが、わたしが口にすることじゃないと思っていた。

　全集のどこかで、G・K・チェスタトンはかの作家の訪問を受けたが、まるで相手にしなかった。彼の『ネジの回転』、わたしもTVで映画を半分見たが、ちゃんとした文章を書く力のある人が、みすみす幼い子供がこの世からすべり落ちるような小説をわざわざ書くかといった感じの小文があったのに出合った。わたしの記憶だから信用半分にしても、わたしのチェスタトン贔屓はよりしっかりした。

　森有正もフランスで苦しんでいた。ミケランジェロをいろいろ表現されているのを読むと、ミケランジェロもかつて森有正と同じことを悩んだのだと思えてきた。芸術家としての自身と、お金を稼ぐ仕事についてだ。

　ジャーナリストと哲学者の著書を交互に読んでみたが、哲学はわたしには分かりづらかった。だから敬意をこめて丁寧に読むだけだった。

*

夫はともかくまともな人である。アルツハイマーは生活習慣病です。夫にはポカッと欠けた部分があって、それをそのままに好きなことを夢中でやり通したからです、とJさんに話したところ、彼女はそれは知ってましたと答えた。

元旦に彼女の賀状が来た。彼女がアイデアを出し、夫が描いていたものに代わって、彼女作のカラフルなうさぎの賀状に、彼女の新たな決意を見た。

日本の最大の不足は「個人」。一人ひとりが自分で育てるものである。

わたしが木下順二全集をよく借りていたら、哲学書の棚に並んでいた森有正全集、森氏はデカルトを中心に哲学を研究し、パイプオルガンを弾き、音楽を通して自己の学問を深めていた。わたしが分からなくても丁寧に読みすすめたのは、彼が日本人だったからである。

彼の全集（1）のほうがなかなか読みすすめられないのは、多分彼の脳が健康で忘れることがないからしい。彼はすべての自分をこめて表現しようとする。当然わたしは違う人だから分かりづらい。

森有正は渡仏して七年、パリを巡り、フランスからヨーロッパの隅々まで足を運び、ギリシャもつぶさに旅行した。寺院の美しさの隅々まで自分の目で確かめ、有名ミュージアムにもひんぱんに足を運び続けた。

法隆寺の柱の話は、小学校でギリシャの影響と聞いた。日本はギリシャからじつに遠い。

一九五八年一月一日午前零時から夜半にかけて記した手紙の末部を記す。

「僕の問題は、ここしばらく、あるいは数年、内部の熱にうかされたような状態を正しく調整して方向づけることだと思う。それに関して僕は何をも恐れないようにしようと思う。人間関係を恐れるのは、自分の努力と内部調整が不足しているからである。いつも新鮮ななまなましさを維持したいと思う。」

*

チェスタトンは読了した。彼は最初、絵画をめざした人である。その後、ジャーナルを職業に仕事した人だから読みやすくて助かった。

偶然今回手にとったのが『棒大なる針小』だったことも運命的に思った。

一八〇ページ。目的は「どんな不精な凡人でも、わが身に鞭打ってひたすら見るという一つの作業に打ちこめば、色々たくさんの珍しいものが見えてくるということを示すところにある。そのために私は、知人の中でもとりわけ不精な人間をとりあげた。つまり、私自身である。そして、ごく限られた地域をごくのんびりと歩いているうちにたまたまぶつかった由なし事について徒然の日記を書いた。」

チェスタトンは、「英国におけるギリシャやラテンの伝統が、実は民衆的、日常的、平常平凡なものだった」と言い、「ほとんど卑近、卑俗なものだった」とさえ言っている。「民衆的」にしろ「平凡」にしろ「卑俗」等みなラテン語から来た言葉である。……一国の文化は、その文化の教養を深く身につけた人びとを基準にして判断すべきものではない。英国におけるラテン的文化は、文化にも教養にも関係ない人々のうちにこそ生きている。大事なのは学者連中のことではない。彼らはラテン語を知っている。そして、自分たちがラテン語を知っていることを知っている。

わたしが言いたいのは、平常平凡な庶民が、自分ではそれと知らずにラテン語を知っているということだ。かりに田舎の田吾作どんが、「わしゃ学者なんぞでねえ」と言ったとしても、じつは中世スコラ哲学者よりも古い言葉、ローマ時代の学校そのものと同様に古い言葉、(schlar)という――語をすでに使っているのである。ローマの壮麗な建築の問題ではない。問題なのはローマの敷石なのだ。そしてわが英国の民衆はあらゆる点でかかる舗道の敷石だった。

*

話変わってわが家の正月は、まず順調だった松の内が終わる頃、Jさんが夫を誘ってくれた。コロナ罹患者は一気に数を増した。コロナと経済の競争は、世界中でみものだろう。楽しさは求められるが、人の楽しさが社会のなかで負にならないためには、公共のモラルが求められる。

わたしがアルツハイマーとは知らずに聞いた話は、アメリカ、ビバリーヒルズの路上の噂だった。かつての有名スターがとんでもない有り様で徘徊しているという。レーガン大統領が「自分はアルツハイマーである」と宣言して引退した時、世界中がびっくりした訳でもある。

夫の最近を観察して、まず思うことは、まさに生活習慣病、少しでもくいとめる力は、本人にしかない、だった。

病院で出会う方々は、軽いというか、静かに車椅子に収まっていられる状態の人ばかり。無言で、自分では行動できない様子。薬局で薬を待っていると、介護の人がまとめて薬を取りにくるのにも気づいた。

夫がすぐいらだち乱暴なふるまいになることは承知していたが、神経を静める薬は使わないことにした。娘とわたしは負けずに騒いだ。数カ月たって顔つきがガラリと変わり、自分で努力して感情を抑えようとし始めた。ウツウツ何かとしゃべることは、こちらもありのままに言い続け、やめさせることができた。こりずに同じことを繰り返した。

相手は忘れることが武器だから、絶対忘れないことにした。ここ数カ月、血圧が高くなり、怖かった。今朝は歩けなくなった。

娘が呼吸法をとり入れた体操を一緒にして、いくらか楽になったらしい。一人で外を歩くことにも注意が必要だった。家族が対処しても、まずは本人の自覚が頼みだ。病が世間的に周知されることも必要だろう。

*

ニューヨークがねずみだらけのニュースが流れた。病気流行と自然の異常は重なるのだろう。

わたしは今までやらなかった手仕事を夫にやらせようと努力している。忘れるか覚えるか、自分のためになることを分かるまでやらせるつもりだ。病気は誰にとっても戦いだ。何もしたくない病気がアルツハイマーで、まさに脳の病だ。

Jさんは夫の状態が彼女の父親に似ているといって、じつにくわしく分かるようである。そうだろう、彼女のお父さんは、ハンサムで有名なカリフォルニアのなんとかだったとわたしは聞いたことがある。そういう人は平素手足を使う労働はしない。夫はまったく違う生活でもまめな労働はしなかった。これからでも遅くない。体力はまだある。JR赤羽駅の四階分の階段をダルマベースを抱えて降りきったのだから。そのときの疲れが病気をすすめたことも考えられる。もう駄目だと思って、娘が処分するのを止めなかったのを、最近になってひそかに悔やんでいる。代わりになるものを見つけることは本当はずっとむずかしかったのだ。

わたしたちはわたしが一歳若いだけ、何とか家族の闘争をやってみることにした。運動できなくなった人を外科手術で何とかする富裕層の話は、観光旅行とミックスのアフリカ旅行としてセローの小説に出て来た。一団の人びとがぎこちない独特な歩き方をするとか、顔がみな似ているとか、整形外科医が付き添って旅行中も仕事をしている結果らしい。わたしは座りがちな生活だから、不具合はいろいろ出てきた。なんとかせいと娘に始終おどされるのは苦痛である。

　わたしはアトピーで病院に通っていたとき、湿疹のほかに、にきびより大きいものが首のはえぎわ、顎ぎわに出ると怖かった。先生に確かめるとガンではないと言われた。

「先生、もしかしてわたし病気ですか?」と窺うと、「皮膚病です」ときっぱり言われたので安心して、病院に行くのをやめ、薬もやめた。その後の二週間ばかりは、辛すぎて思い出したくないが、皮膚病はストップした。自分の体に溜めてしまったものの、排出には病と同じ時間が必要だったと思うが、最後のコロナワクチンと夫のアルツハイマーはまさに想定外だった。

　アルツハイマーは、体がとったタンパク質がかびて脳の何かがそこなわれる病だそうだ。わたしたちが子供の頃は、肉を食べることがすすめられ、バターやチーズが体に悪いという人はまれだった。よってそこらじゅうにこの病気はいついたのだ。世の中も変わった。日常生活から手足の労働が極端に少なくなった。

*

夫のアルツハイマーが医師から告げられたのは最近でも、ここ二十年あまりの夫の変化は、身近で分かるから、たどってみると、思いあたることは次々とあった。

仕事を辞めた後、ボウッと黙ったまま散歩だけの日が過ぎた。Ｊさんの仕事は自分も楽しみで絵や書を集中して描き、その話は楽しげに語っていた。Ｊさんがこのようにとヒントを出しそれにそって作品化する。よく売れたそうだ。根をつめて行動していたからデタラメとは思わない。

そんな頃、なんの拍子か夫が受話器をとった。家の中で自分の手を出すことなんてなかったのに。それで四十年ふれたことのなかったベースを弾くことになったのだ。まっさらに忘れた状態から、熱風、キャラバンに至り、一年先輩のＫさんと息が合って、何かの会で二人で演奏したフィルムは、忘れられない。

いいことはたくさんあったが、トラブルもあったのか、やめてしまった。こういう急激な変化とそれを何も説明できない感じが、じつはアルツハイマーだったらしいと今は思っている。理解というかモノゴトの分かり方が全体でなく限られた一部においてなのだ。わたしたちが子供の頃一番流行った悪口、「ノウタリン！」状態。

数カ月のブランクの後、わたしがテニスで知り合った方の縁でスーパーシニアバンドという音楽仲間に入ることになった。歌謡曲からクラシックまで、五、六年夢中でやって、ベースも買いかえたのに、突然「やめる」と言って放り出した。最後の舞台は、田舎のお姉さんなる親戚が見に来てくれたしコロナ禍も始まっていたからわたしもそのまま、月日だけが過ぎていった。

わたしは面倒なくてよかったが、話さない感じがどこか異常だった。

*

パルコの外階段を半分、ちょうど一階分落ちる事故があった。こめかみのあたりを切って、救急車で運ばれた病院の手当がよくてすぐ回復したが、数カ月様子をみていて、やっぱりおかしいとその病院に一緒に行き、アルツハイマーということになった。

ふり返れば、夫がまともだったのは、ベースを扱っていたあいだだけ。よく笑い、よく話し、元気だった期間がたびたびあった。書や絵にのめりこんでいた期間も元気だったが、仕事に仕上げたのはJさん、それができたのは彼女が仕事を持ち資金があったから。

夫は、自分にはベースしかないかもしれないと思い始めたとたん、怖くなったらしい。ベースを弾いていた頃の仲間はみな亡くなってしまった。ベースを始めたとき、夢にも思わなかっただろう。始めるまで本当に手間どった。確かにできることが一つあれば、自分が助かるものだとわたしは言い続けた。確かとは、自分が行動することで、自分がくずれないことである。

何もしないを始めた夫は、外を歩きまわる以外の行動をまだ見つけられない。血圧が高いらしく、朝動けないと寝込んでしまい、娘に呼吸しながら体を動かす指導を受けてひと息ついた。それでもなお自分で行動できないまま。

わたしたちが中年といわれていた頃、周囲の人たちは、楽しくなけりゃ意味がないと言い、お互いをほめ合い、けなし合い、冗談を言い暮らすことに日々をかけていた。確かに動く術をみつけないまま、お互いに寄りかかっていたけれど、今もそれで暮らしているなら大したものだろう。

楽しいが難しくなるのも年齢に関係がある。酒も飲まず、ゴルフも麻雀もしないで、どうやって仕事してるんだ(?)の夫と、誰にも相手にされず、テニスといってボールを打っているわたし……よくまともに生きてるじゃん、であった。

それはそうと、わたしは『森有正(1)』四四〇ページをやっと読み終わった。読みにくい、分かりづらい、難しい本だった。書いていて楽しくなかったという作者の言葉がどこかにあったことを思い出しておかしかった。そうだろうと本気で思った。

つまり、こうしなければならないのしっかりした覚悟で、手紙の形式で書かれていた。作者は、見たり感じたりのほぼ全部を、自分の言葉にできる人なのだ。作者の思いを読む者がそのまま受けとれるかといえば、それは無理。だから読みにくかった。

かなり無理をして、これは最後まで読まなくては何か思うこともできないの一心で最後まで読んだのは、もう一方がチェスタトンだったから。片一方の有無を言わせぬ明快さに照らして、なんとか読めてほっとした。

わたしが書こうとするものごとのつながりを引っぱり出し、人にも伝えられるように書くためには、これは必要だと思った。

夫はアルツハイマーの診察に行くたびに計る血圧が異常に高いことを秘かに心配しているらしい。このところ気もそぞろでいるらしかった。自分の心配でアルツハイマーが悪くなるのは考えものの、わたしも一緒の健康診断を病院に申し込んだ。すぐ予約がとれて一緒にでかけた。ところが、健診を受けて血圧が夫より高く、心電図をとったのはわたしだった。先生の診断では胸はきれいだった。寒さと気持ちのありようが見えてきた。

わたしは帰りのバスの中で、『山のパンセ』を読もうと思っていた。ずっと前に読んですっかり忘れてしまったけれど、冬山の暮らしというか、行動を描いた短編をたくさん集めた本だった。串田孫一氏は、わたしの知る限りで一番まっとうな方の印象だったのを思い出していた。今わたしに必要なことは「まっとう」かもしれないと思ったらしいが、さてどんなことだろうとじつはよく分からない。

病気は、考えさせられるのは嫌だから、わたし共の厳冬期の参考にと思った。

＊

図書館に寄ってロマン派の雄、テオフィル・ゴーチェの『ミイラ物語』（田辺貞之助訳、国書刊行会、一九七五年）を借りた。

アメリカの作家のアフリカを縦に歩いた旅行記のなかで、多くの人がカイロはエジプトではないと言っていた。それが現代なら、古代を知りたかった。たくさん読んだわけではない。わたしはゴーチェの『スペイン紀行』が好きで、これがわたしの現代、カイロはエジプト以外の想像がつかない。

森有正、チェスタートンお二人の本にちょくちょく名前が出てくる人にモンテーニュがいた。ずっと前に読んだことがあったがのっぺりした旅行記だった気がした。

間をおかずに図書館に行き、書棚からモンテーニュの本を引きぬきその場で読み出した。『人類の知的遺産29　モンテーニュ』(荒木照太郎訳、講談社、一九八五年)。

手ざわりが新しいと思ったら、全集が新しくなっていて中身もエセーだった。中林洋子さんの装丁は前の全集と同じ、本の形が持ちやすく開きやすかった。左ページのモンテーニュの肖像写真は、夫の親友で、わたしの雑文をはじめて読んでいただいた方に似ていた。

いきおいで前書きをその場で読んだのだ。

A　モンテーニュは昔愛読したけれど、このごろ読んでみると案外つまらないね。

B　つまらないね。

A　あれは西洋のああいふ教養の系統の中で読めば面白いので、われわれにはじかに読むとそれほどでもない。

B　やはりずいぶん洒落たところがあるんだね。僕等にはよく解らないが……。

A　つまりモンテーニュは「教養」の上で書いてゐるのだ。ところがその「教養」といふものが問題になる時があるね。
B　さういふ点では、パスカルは、ものを考える原始人みたいなところがある。なにかに率直に驚いて、すぐそこからまっすぐに考えはじめるといふやうなところがある。いろいろなことを気にしないで……。（昭和十六年七月　A三木清　B小林秀雄）

わたしは昭和十六年六月五日生まれ、なんとなく因縁を感じた。モンテーニュから五百年の月日が流れ、わたしたちはどんな教養のなかに暮らしているのだろう。教育に国をあげて血眼であり、少子化にも命がけの昨今である。

本を読むことと「教養」の関係をこんなに大げさに語る方々がいて愉快というか、無職の年寄りは驚いた。わざわざ言うことの意義について。日本が足音高く戦争へ向かっているとき、「教養を語ること自体とんでいるのだろう？」

いろいろなことを気にしないでいられない状況じゃつまらなくてあたりまえ。ただ気をつけて生きのびることを生きられるか？　現在だって似たりよったり。

一五七二年、聖バーテルミーの大虐殺の年、モンテーニュは自邸で「エセー」を書き始める。
「思考の創造性、独自性それ自体をとおとび、それを欠いた場合の表層のみを飾り、形式のみをあやつる仕方をしりぞけるもの」（二九一頁）がモンテーニュの価値判断である。
「わたしはまた、すぐさま、われわれの国の教育の無能さという問題にたちかえる。それは、われわれを善良で賢明な人間にすることでなく、学者にすることを目的とした。そしてそれに成功したのだ。それは、徳と英知を追い求めそれを抱きとめることをわれわれに教えず、その語の派生と語源とをわれわれの頭に刻みつけた」(一九二頁)

*

　モンテーニュの「旅日記」はかなり前に古い全集中でわたしは読んだことがあったが、今回の全集の文献案内に、串田孫一訳があったので図書館に問い合わせた。

　県立図書館にあったが、古いものなので館内で読まなくてはいけないとか。中央図書館が取り寄せてくれたので幸いにも近日七〇頁くらい読めた。教科書風の装丁の二冊本で予想どおり読みやすかった。どうやら一カ月内に読めそう。

　ところがどっこい、それからの五日間はまるでヘブライ人がエジプトから逃げおおせるための試練の日々の如くだった。

　夕方図書館を出て、牛乳を二本買い、家へと歩いていたわたしは、足の調子もよく下り坂をさっさと歩けて気がゆるんだらしい。中央が低くなる狭い部分は明かりがない。化粧レンガはすき間がありデコボコがち。下り坂で足がすべって転んでしまった。

　すぐ先の整形外科の入った病院ビルは、土曜日の夕方なのに明かりがついていた。すぐ入って診察をお願いして、ケイタイを持たないわたしは電話を探した。下の薬局が運よく貸してくれ、家に電話した。

荷物は牛乳だけでもまた転ぶ不安があるから来てくださいと頼むと、「病院って知らない」だった。二、三度くり返し、とにかく駅に向かって歩いてくれば外で待ってます。「駅って？」どこか分からないだった。とにかく歩いて来て、外で待ってますと言って電話を返した。

かなり待っているあいだにじょじょに腫れてくるのを意識していた。多分、新型コロナワクチン注射の人びとが各病院にまだいて助かったらしい。

やっと現れた夫に牛乳をあずけ、医院に上った。目の下部分の骨折をたしかめるレントゲンを二枚とった。傷を消毒してもらったが傷はほとんどなかった。どんどん腫れてくるのを目の当たりにみて夫は正気づいたが……家に帰ると下ごしらえしてあった食事を手早く作りゆっくり食べた。夫は帰って来た娘に小一時間怒鳴りとばされていた。

その間、冷やせなかったから、腫れは最悪、痛みもずっと残り、足の具合も悪くなった。骨は無事と言われたからなんとか横になって寝てしまった。

翌朝、夫と順番に風呂に入り、少しは落ち着いた。二週間も外に出られなかった。夫のアルツハイマーも最悪だった。

その間に夫の古い知り合いのイギリス人のJさん、日本の大学を定年退職してイギリスに帰っていたが、友人と正月に日本に来て九州旅行を楽しんだ後、アメリカ人のJさんのところに来た。アべさんに会いたいと二人で浦和にやって来た。三人で別所沼に行き、会館で食事をしたとか。

　ところがこの後、自分の回復のために弾き始めていたベースをきっぱりやめた。長時間放っといた楽器にひずみが出はじめた。数日理屈を言うのを聞いていた娘が、突如、楽器店に持ちこみ、手放してきた。わたしの体力じゃ今が限度だからといって、駅まで夫に運ばせあとは一人で。

＊

「『山のパンセ』を読んでみない？」と渡すと、思ったよりずっと喜んで読んでいる。話す声にも力が出てきた。わたしも再読途中で、しおりも挟んでいなかったから、そこらに置いてあると読んでいる。いくつか読んで、つい最近読んだばかりと気づくことがあった。山日記だから似たような話ばかりなのだが、いつも初めてのように読んでしまう。不思議な本である。本が不思議というより、わたしたちの暮らしってこうなのかもしれない。

　わたしが学校行事で「マナスル登山隊」の記録映画を観に行ったのは、いつごろだったろう。かなり長い山ブームだった。山が人でうめつくされるのに実際に出合って、気持ちがそれたけれど、子供たちが小さいときは、箱根や日光を散々楽しんだ。

『万葉集』と共に戻って来た海には、海を旅して夜は陸に上がり、夜毎宴で歌を詠んだ人がいた。海には別の民がいたとか。深い山も広い海もはるかになり、浦和に暮らしを移したわたしは、テニスを始め、子供たちは成長した。小さな町が国中に散らばる国のごく小さいところに暮らしていても、欲しい情報は難なく入り、毎日を無事に暮らしている。

有事を防ぐ方法は考えつけないといってもそれは世界始まって以来のことだもの。だから、わたしたちの身近な危機はまず病だろう。世界中の新型コロナ禍はすでに数年続いている。ほぼ常態に落ち着くかもしれない。ドンとこいで向き合うつもりだが……夫の気の弱さはどうにもならないし、それに接して湧き出るたけりに酔っている娘も手がつけられない。

わたしは世の中を知らなくてよかったと本気で思っている。いくら注意しても、自分のちょっとした気持ちを選ぶ夫にはかなわないから、まともでいるのは難しいが、わたしはまともを捨てられない。自分の本心をしゃぺって職を失う人がいる一方で、ついついつまらないウソを言う習慣で病気になった者がいる。なんとけったいな日頃だろう。

モンテーニュは、自分はウソを言わない、ウソはよくないと語る言葉をエセーに残していた。わたしたちはエンマさんを持ち出されてつつしんでいるのだろうか？　これだけで比べたらフランスは日本よりはるかにアカヌケテイル。

わたしは前日、町で荷物をあっという間に持ち去られたことをひた隠しにした夫を、「そういうことの積み重ねがあたなを病気にしている。アルツハイマーは恥ずかしい病気だ」と言った。娘は、見るからに病人の顔をして歩くなと叱ってやまなかった。朝になってみれば、まず生きている内なのだと一段落。

わたしは人とほとんど交際しないし、極端に外に出ないから、ＴＶと普通の世界がほぼ同じ位置にあることすら思ってみなかった。

仕方なくすでに自分が書いたものを読み直した。こんなはやらないことばかり、よくも書き並べたものだなあ、我ながらゲッソリ。

W杯がとっくに終わった頃、西洋美術館女性館長のサッカー話が、購読している新聞の文化欄に載って、夢のように読んだ。日韓合同大会のときに、学者の方とか、多分マスコミ関係の女性の文章を同じところで読んだ。両方とも何の不自然もない思ったとおりの文章で、書かれていたことがまっすぐに伝わってきた。

W杯予選、日本対ドイツのすぐ後だった。その試合を観なかった人に、わたしは日本の二つ目の得点の話をしたかった。ところが、今までで一番の言葉のほか、ひと言もいえないばかりか、イメージさえ戻らなくてしょんぼりしてしまった。プロの解説が必要の所以。

*

夫は娘の号令のままに体操をし、言われるままに競馬場を歩き、極力口をきかずに耐えていたから、顔色がよくなり、声に張りが出てきた。食欲があるだけでなく、楽しんで食べている様子がなによりだった。

アルツハイマーの特徴は、気に入らないのは他人のせい。それを平気で顔に出す。つまり、自由が簡単に手に入りすぎる状態を自分で作ってゆく病気なのだろう。

仕事をしていた頃のメモ帳をパラリと見ては、「えっ俺こんなこと言ってる。こんなこと考えていたんだ」自分でびっくりして笑いながら笑えるのをうれしがっていた。

「俺、今本読めるんだ」とそのときは井伏鱒二の短編集を読んでいた。

「これ、まったく分からない。モモ子さんって何だ？」あきれ顔でわたしに言った。

確かにその短編は、石井桃子さん、太宰治氏、井伏鱒二氏を知らない人にはまったくチンプンカンプンがあたりまえ、分からないに気づくっていいことだ。

「モモ子さんってあなた知ってるはずよ。ホラ『のんちゃん雲にのる』の作者」

「ああ、石井桃子、知ってるよ」

今とはまるで違うあの頃の雰囲気がパッと出てきた。何十年かまえはなにかといえば明治の人が持ち出されたが、もはや明治でもね。

昨今は「昭和レトロ」で、はからずも井伏鱒二の文章から流れてきた昭和はじつに文学的だった。時代の空気は主としてジャーナルから伝えられるものだが、そこから一作家がとり出した小品はじつに品がよかった。

それでついわたしも、「昭和」を夫にしゃべっていた。「原節子さんだ」と。小津安二郎監督と木下恵介監督の同じ頃の映画で、まるで別人だったスター。同じ顔、同じ姿なのだからまさに魂消た。

昭和の映画は、大人になってからＴＶで観た。だからなおさら印象深かった。現在との境界にいた女優さんは、朝丘雪路さんかもしれない。

あの頃から六十年のあいだに哲学はどうなったろう？　現在、わたしたちはローマ世界に近いところに暮らしている気がする。

＊

図書館で借りた本をすっかり返却し、館内で「旅日記」を読んだ日の帰りに転んで、体裁悪くて外に出たくない。

わが家で文庫本が並んでいるのを見ていると、「年代記」の背文字が目に入った。引っぱり出して読んでみた。真新しい手ざわりだけど、確かに読んだはずと思いつつ、「少年マガジン」で見るモノクロ線描のマンガのようだと思った。

鮮明に分かる中身が、押すな押すなとくり出てくる。内容が多すぎてタジタジだったが、読み進むと一つのテーマが浮かんできた。ローマの支配体制、神に等しい皇帝に治められる国とは？　その内容が確立された後の五十年の流れであった。

神の如き力を持つことで人はどうなるか。一つずつ克明に並べていた。周囲の人が次々死んでいった。国民が大量に死んでも死んでも何も変わらなかった。

剣で喉を突きさした三十歳と五カ月の皇帝ネロが、駆けこんできた騎兵隊の隊長に、「遅すぎたよ、それが本当の忠義か？」と言って息を引きとるまで。

たて琴を弾き、国民に大見得を切る夢に生きたネロの遺骨は、「後日、彼の乳母二人と忠実な妾アクテによって、ドミティウス氏の墓地に移しかえられた」

二冊本の半ばを過ぎた頃、戦場で働いていた兵士が、重いものを持ったまま、腕がスッポリぬけ落ちる場面にさしかかり、「ああ、読んだ」と分かった。

娘と二人で夫のもの忘れを始終ののしっていても、こういうことだった。モモ子さんを思い出した夫と大差なかった。

ところで、タキトゥスの『ゲルマーニア』はギリシャ学の先生とお話しするよりずっと前に読んでいた。『年代記』よりずっと詩情があったなあと手にとると、今のわたしに詩情は重すぎて、手から落とした。

東京のテニスクラブにいた頃、わたしが勝手に師事しておった先生は、何かのはずみにポロッと教えてくださった。かつて御子息たちとテニスをしていたギリシャ学の先生に、「日本の語学の天才は何人ぐらいおられるのか調べられますか？」とおたずねになったところ、「調べる必要はない。三人である」の御返事だった、と。知らないことってありすぎるな、であった。

現在、新型コロナの特効薬が求められているが、ギリシャ、ローマは人を殺す薬が様々きわめられていた。使うのは権力者。ギリシャの有名な哲学者は、毒を飲んで死んだことは広く知られている。母の知識を恐れたネロは、母を海に沈めようとした。母と侍従、侍女の乗った船は、三人の上に天井が落ちてきた。お供はそれぞれに死に、母は海に落ちても泳いで助かった。エジプトの女性はナイルを泳いで横断している。

古代の女性たちは現実と闘っていた。自分で考え、しっかり鍛えられていた。ちなみに昭和の日本女性は、「わたし、セイサンカリ持ってます」で愛人を支配し、心中して果て短編になった。

現代の夢は、何かになることなのか？　ネロの夢と大差はないのか？

*

わが家の騒ぎは最近すさまじい。たった三人の暮らしで起きる騒動とは思えないが実際である。

数日前、「旅日記」を読みに図書館へ行き、（1）は何とか読了したので延長を申し込んだ。転んだときの腫れがやっと引いたと思ったら、雨戸を閉めていて、ガラリの角を自分でぶつけ、またうっすら青くなってきた。

この冬一番の寒さをじっとこらえながら、借りてきたチェスタートンの『正気と狂気の間』（上杉明訳、春秋社）を陰気な心持ちで読んでいると、まさに自分の暮らしをアレコレ言われているようで、ひとしお寒くなった。よくもこんな本借りたものだ。アルツハイマーに家中が支配されているようだった。

ＴＶをたまたまつけると、バイデン大統領がウクライナを訪問したニュースが流れていた。北朝鮮がミサイルを日本海に打ったニュースと安保理が抗議のニュースも。

ロシアと国境を接する国が常に軍事力をみせつける国はどこの国か、わたしは知りたくない。たくさんの国が締め付けを言っているのにロシアはちっとも堪えていませんとスーパーをＴＶで見せたり、市民にしゃべらせたりしている。そういう人の身なりが良いのは北朝鮮と同じ。町の残骸がしばしばＴＶに映るウクライナをどう思えばいいのだろう。

ずっと以前にチェスタートンはこの答えを週刊誌に載せ、ジャーナリストとして著作にまとめていた。先日借りてきた『ローマの復活』（別宮貞徳訳）と『正気と狂気の間』（上杉明訳）がチェスタートンの個人と世間に向けた、じつに過去をしっかり引きつれた現在と思ってわたしは読んだ。

八十年暮らしてきて初めて、自然に自分の命を自分で暮らしている気持ちになっていた。ジャーナリストとしてごく若いうちからその気で暮らし、世間にも語りかけていたチェスタートンをふっくらとながめていた。

夢に逃げることなく、夫のアルツハイマーとともに闘っているつもりのわたしと娘であるが、娘の声には参っている。体の調子がちょっとよくなると、夜中にひんぱんにトイレに立つことは、わたしはすでに何回も経験ずみだから、大変だなと思うだけだが、昨夜、娘は宵の内から怒鳴り通した。「バカ」をリフレインに調子よく切りなく大声で、わたしは笑っている間に眠ってしまった。今朝は散歩に追い出した。それだけ夫が回復してきているのだ。

食事をすますと、わたしはモンテーニュを読みに図書館へ行くつもりだった。四時には帰ってきたいから、「お父さん腕時計貸して？　図書館に時計が少ないから」と言うと、「いいよ」とはずした。自分が動くときはすぐはめる。何回か、そこに置いていって支度しているうち面倒になって、「先に出かけて」と言うと腕時計をしっかりはめて出かけてしまった。

見かけはわたしよりずっとまともなのに、見かけばかりか、わたしがとっくに難しくなったボタンをかけることなんてまったく普通にできるのに、その病人とつき合って大変なのはわたしと娘なのである。

*

モンテーニュはいよいよローマに滞在していた。それまで従者に記録させていた日記を自分で書き出していた。聖バーテルミーの大虐殺を乗り越えたとはいえ、モンテーニュは腎臓結石に苦しんでいた。

普通の住宅より教会のほうが目立つ町は、肥沃で豊かな自然に囲まれている印象である。病気も自然の一つかもしれない。そんな書き方だった。

次の日、電話で確かめてやっとボードに行った。数日前、絶好の日和だったのに、霜柱でコートは閉じていた。

長いこと運動できなかったからぎこちなかったが、一年ぶりに出会った知り合いは、ハードコートで大ケガしたとか。でもしっかり動いてる姿を見て、どんな話より安心した。中学生が三人来て元気にとびまわるからきりあげた。外の空気にふれたので夜はぐっすり眠れた。外の空気がこの頃のわたしには貴重品らしい。

こういう感じを若い人にいう機会はないけれど、こんなことで若い人が思うことはまるで想像つかない。想像つかない？　他に何かあったみたい、何だっけ……。

思いついたのは、畏れおおくも中西夏之教授。

「あの先生、何考えてるんでしょう。まったく分かりません」若い学生の声をよく聞いたという夫だってよく分からないという中西教授。

カタログを何冊も取り出してとりあえず目を通し始めた。思いついたらすぐやってみる。それが最近こころがけていること。

二〇一二年十月十三日～二〇一三年一月十四日　中西夏之　DIC川村美術館

韻

洗濯バサミは攪拌行動を主張する

擦れ違い

遠くの柴近づく白斑

日暮里でガラガラの電車に乗りこんだ。音もなく動き出し、グングンスピードがあがって、沿線は目に入ってても見えない感じ。耳に懐かしい駅名も飛び過ぎた。沼が見えてきてゆっくり止まった。伝説はいろいろ知っていたのに、何一つ浮かんでこなかった。忘れさせたのは、何かと耳にしていた沼のよごれに違いない。

遠いと思ってバスの時間を一応調べて電車を選んでいたからかなり早く着いた。佐倉駅前でバスを待っていると、店屋のおばさんに「展覧会？」と訊かれた。「ハイ」と答えると、おばさんは傍の知人に「ホラ、新人」と言った。指先のほうを見ると、畳くらいの大きさの中西夏之展の看板だった。初期のものと現在の作品両方の展示と聞いていた。空色がなんともいえないいくぐもりのある看板を、さすがだなあと見ていた。

カタログとかポスター、細々したところまで気が利いている独特の風景が町にまで進出していて、ハイレッド・センターの活動を思い出していた。その頃は詳しく知らなかった。

美術館に早く着いたので全体をざっと拝見した。常設展に行くと、いい作品がズラリと並んだジョゼフ・コーネルだった。中西作品との対象が絶妙で、衝動的にとらえた内容のすごさが突きささる。外に出ると巨大でデタラメを思えるジャン・ティンゲリーの作品、「おどろいたかね」と声をかけられた気がした。

池のほとりで丸くふくれて、むやみやたら不細工な外国産の鳥を眺めていた。三羽というのか三匹といおうか、ものすごい見ごたえだった。説明板を読んだが覚えていない。

時間がきてゆっくり会場に入ると、主催者の方々がそろって、ぐるりと教授を囲んでお話を聞いた。悠揚せまらぬ空気に包まれて会場をもう一度観て、軽食をいただいて帰りのバスに乗った。一日がかりの楽しい遠足だった。

教授の言葉で、わたしが最初に分かった気がしたのは、「尾形光琳は日本で最初の近代人」だった。キラメク光琳波をはさんで立つ梅の木は、確かに病木のたたずまい。紅梅白梅図屏風は鮮やかで華やかで、しかも時代の不具そのまま、おそらく世の中に完璧な時代はなかったろうが、それをなんとかするために何があったかツラツラ考えれば、パッとひと目でわかる表現をしたのが光琳だったということらしい。

*

海辺には違う民がいたと『万葉集』は言っている。現在、わたしが読んでいるモンテーニュの「旅日記」には、そこらじゅうにいる。西洋は常時、違う民とまざっていたのに対し、日本はじつに特別な歴史を暮らしてきたらしい。

花巻市で萬鉄五郎の抽象画に出合ったのは偶然だった。アメリカで大活躍の大谷翔平選手をＴＶで見たことで思うことがあちこちとびちった。思うだけで何かになるものがあるらしい。

その日「旅日記」の読んだ部分は、トスカーナ、フィレンツェ、ピサの温泉だった。行くたびにだいたい四〇頁くらいしか読めない。面白かったのは、どこかの温泉でライ病が直った記事とアルツハイマーに悩む人がいたことだった。温泉を飲むこと、入浴すること、体の部分を刺激することの組み合わせで、人それぞれの方法を温泉によってみつけるのが治療法であるから、暇とお金のある人の治療法である。モンテーニュはじつに丹念に研究し記録していた。

モンテーニュの頃、温泉で治療するのは上層の人だが、その宿を用意し、情報を出すのは土地の人たちだから暮らしがなりたつ。娯楽も生まれる。経済活動における工夫はまったく個人に任されている。個人といっても従者が支えているから旅ができるのだ。土地も良い潤い方をする。

専門家に何事も委ねる現在、考えることなく言うこともない者たちがどういうものを受けとっているかは日々のニュースで知れるとしても全部ではない。問題の全部がここかもしれない。

とりあえず、自分のことは自分で考えることだけはできるのだ。言葉では簡単なこんな日常も、とっさには右と左が分からない、ポットとヤカンの区別がつかない理由をとっさには言えない。それがその病気と分かっていても誰がいつ病気になるか分からない。

今朝の夫は、ひっきりなしに注意し返事を迫る娘の声に追われて指先に力が入った。パンにはさんだ具がわたしめがけて飛んできた。そんなことの訳を語ったりしてであろう、それでもちょっとした騒ぎにはなって、普通なら笑ってすますのに、病人だとそうならないことが長年にわたると知るのは残酷でもある。外見はわたしより健勝なのに、病院に健康診断の結果を聞きに行き、みかけ通りだったことに家の中でひともんちゃくだったのも何かおかしい。

行きと帰りに、わたしは危うく大ケガをするところだった。

バス停のところに、みなが近道するすき間がある。夫は先に立って数歩で通りぬけた。続いたわたしは足が危ないからそばの枝に手を出した。あいにく柊であったか、とげにさわった。手を放すと足がすべって目の前にブロックが迫った。「南無三」と右肩を出してつっぷしたから、脳天をブロックにかすってそれですんだ。ジーンズについた泥は払わなかった。夫の特技は「忘れる」だけれど、痛いにもはまるかは聞く気がしなかった。

おまけに結果説明は、わたしのほうが大変だった。夫はパルコの外階段を一階分落ちたとき、救急車で運ばれた折のお礼を申し上げてすんだ。肩はだんだん痛くなってきた。翌日まで動かせないくらい、悪玉コレステロールを抑える薬を飲んで、一週間後に採血して結果を見ることになった。

運動はすすめられたから帰りは歩いた。高台に出ると中仙道は車が切れ目なく走っていた。赤信号でストップするや車のあいだを横断した夫は、さっさと通り抜けようとして横道から入って来た反対側の車二台が通過するのをやっとかわす始末だった。「アブナイッ」と大声が出てしまった。人目がなかったら、の気分だった。

それからは腕をつかまえて歩き、浦和駅前で別れてわたしは図書館で二時間ばかり本を読んだ。あと一回で読み終わりそうな串田孫一訳は『山のパンセ』と同じ感じで洒落ていた。とにかく冷静に、平静にひたすら心がけていてもさっぱりいいことがない。

朝早く起きて緊張して病院に行き、悪玉コレステロールを抑える薬を飲むことになってがっくりだった。図書館で本を読むのもじつは楽ではないのだ。あと一回だと思ってもどっと疲れたまま、のろのろ歩いていた。

パッと目のまん前に笑っている顔を認めた。いつも買い物する店のママ、よっぽどわたしはヨタヨタしていたらしい。

「白幡から歩いてきたの。おまけに本まで読んで疲れたたわあ。声だせてよかった！」と言うと、本当に息がつけた。

*

夫が借りた『イギリスの美・日本の美　ラファエル前派と漱石、ピアズリーと北斎』（河村錠一郎、東信堂）はチラッと見て何かが参考になりそうだったから延長手続きをして読んでみた。そこに書かれている世界は、一三〇年前のことだけれど、その後の八十一年を暮らしてきたわたしは、書かれている内容とまったく違う気持ちで読了した。参考になったのは、中西夏之東京藝術大学教授へのサクセッションにおいてだった。萬鉄五郎の背景としてはピッタリだった。

一七六〇年に産業革命は始まった。一八九〇年代は、イエロー・ナインティーズと綽名された。『イギリスの美・日本の美』の一一四頁を写しておけば、世界の表舞台が大きく分かるだろう。

「一八九〇年代のロンドンには、イギリスの各地から若い芸術家たちが磁石にひきつけられるように集まって来た。新時代の評論家を目指すものはほとんどオクスフォード大学かケンブリッジ大学の学生で、彼らは、マックス・ビアホウムのように、在学中から文名をはせ、オクスフォードやケンブリッジとロンドンの間をひんぱんに往来した。かつて、ラファエル前派の画家バーン＝ジョーンズやウィリアム・モリスがそうしたように。産業革命のけん引車として世界最先進国になったイギリスの、テムズ河畔に発達したこの国際都市に集まって来た文学者や芸術家は、イギリス人にとどまらず、フランスからは例えばゾラやマラルメやヴェルレーヌが招かれ、アメリカからは、すでにロンドンに住みついていた作家のヘンリー・ジェイムスを始め、画家のホイッスラー、サージエント、そしてペネル夫妻などがいた。ホイッスラーなどは、故郷を離れてのロンドンそしてパリ生活があまりに長期にわたるため、イギリス人と思われたほどである。逆に、画家ローセンスタインのように若くしてパリへ移り住んで、イギリスからパリへ遊学あるいは留学する人たちの世話をやいていた例もある。（パリで流行した浮世絵の春画集をピアズリーに贈っていたのは彼である）」

「ロンドンには談論風発の社交の場は公共の所になかったらしい。世界中を旅して半生を送ったアメリカの画家ペネル夫妻がロンドンにやっと定住して発見したことの一つがそれであった。ただし、例外はあった。個人の邸である。ここに集まったジャーナリスト、作家、画家たちは能弁家だった。バーナード・ショウも顔を見せた」

マイフェアレディは大ヒットを続けた。

以上を読んで、わたしはチェスタートンを考えた。彼の立位置はバーナード・ショウの反対だった。彼は産業革命にも危惧を持っていた。少人数が世界を握り、ほとんどの人が彼らにつかわれる世界はあぶないとフォードを例にあげて反対し、どんな少額でも自分が生活できる財産を一人ひとりが持つ社会をよしとしていた。大きな戦争を二つも乗り越えた現在、チェスタートンの考えは正しいとわたしは信じている。

六〇年代、これからの社会は社会主義に行くだろうと言っていた人が、ある本を読んだら、改良に改良を重ねた、何とか社会主義の数があんまり多いので数えてみると百の単位であったかもしれないと笑っていたのを思い出した。二十をいくつか越える若い彼は、自分のこれからの仕事で世の流れにストップをかける夢を持っていたに違いない。それなのに自分自身の体に対しての目は甘かった。カフカをよく語っていたから、もしかしたら内心知っていたかもしれない。シュルレアリスムに対して、彼は日常に重きを置きたがった。

自分を楽しませる力は自分にしかないと八十年暮らして分かってきた。とりあえず、これから晩御飯を作るとしよう。

*

夫は当日の午後、浦和に来てくれたＪさんと午食を食べ、散歩して、数時間過ごして帰って来た。何を食べたか訊いてもまだ言えない。夫にとっては、今あったことを言葉にすることが一番難しいらしいのだ。

美術に戻って、イエローが新しかったのは彼ら外国人の描く線と日本人が描く線の違いが大きかったからだろう。上村松園の描く簾の線の一直線は日本のもの。多分、日本画から色彩をとればもっとよく分かるかもしれない。

中西夏之と萬鉄五郎のつながりを思ったきっかけは、中西画伯のカタログのどこかで、人間の形を描きたい、肖像を描いてみたい衝動を持ったことがある、といった短い言葉を見たときだった。花巻市の記念館で鉄五郎の抽象画に出合って五十年の最近、図書館で画集三冊を借りて読んだけれど、そのどこにも抽象画の情報はなかった。抽象画が生まれて百年の言葉は、中西展のカタログのどこかにあった。やはり、そんな新しいことだったのか、であった。

現代美術館の大展覧会で初めて中西画伯の絵画に出合ったとき、紫の誕生の話はすぐ聞いた。夫は先へ行こうとしたが、わたしは第一室から離れられなかった。

あちこちに、個人蔵と区別された作品を観ていると夫が戻って来たので、「これはどういうこと？」と何気なく言った。「本人が持ってるにきまってるじゃないか。売らないんだよっ」「へえーっ」とわたしは気がすむまで観ていた。

戦後、ハイレッド・センターが活動した時期、世界中の経済を盛り上げていたのは、パリファッションと流行だった。あの頃は、プレタポルテ以前、モノがなかった時期、たっぷり布地を使ったファッションは、特別なモデルが独特な着方をして世界を制覇した。

世界をキラメカセタものに対してハイレッド・センターは、なんと洗濯バサミで対抗した。ミシン目を思わせる作品を見た気になったのは、わたしの思いすごしかもしれない。海辺で拾い集めたゴミを、コンパクトオブジェとして電車の中で市民に披露した。

中西画伯の描く線はジャポニズムではない。あくまで日本の線。萬鉄五郎は売れない画家だったから、中西夏之は売らない画家になった。わたしが集めた情報はこんなものだけれど、ここから想像することは、わたしたちの時代を暗に語るもの、決して夢じゃない。

世界には「ダダ」という運動がすでにあった。ハイレッド・センターの山手線内の諸行動は、一応警察に逮捕され裁判を受けた。

わたしはカタログで読んだが、裁判官が問題にしたことは、山手線のどこからどこまでがタダであったかであったそうだ。どうせ拾ったものなら捨てちゃえと、きちんと梱包したゴミを高いところから投げ捨てた。誰もが価値を認める千円札のそっくりさんを作ったり、きれいに編みあげた長い絆を人目にさらしてひきまわしもした。白いウワッパリ姿で清掃に臨む等公共の場で行動した。

彼らはたいへん本を読む怖い人たちだと夫はよく言った。レッドこと赤瀬川原平氏は、ペンネームで小説を書き、芥川賞をいただいた。家にあったのでわたしは読んだ。旗日に国旗をという話だった。

ごく最近、そうかとうなずいたのは、裸の写真だった。仲間の一人はどうしても嫌と不参加だったが、それはシェイクスピアのソネット百三番、詩の女神が生む裸の題材の実演のつもりだった。

ことほどさように、彼らの行動の謎ときは愉快だった。

わたしが大学に入ってまず聞きおぼえた人名はマルクス、フロイトだった。五月雨のようにささやかれていた詩人はW・H・オーデンだった。

西脇順三郎編の英米詩集で「一九三九年九月一日」をくり返し読んでみると、長詩の全体に時代とハイレッド・センターの行動がスッポリ入る感じで省くところをみつけられなかった。

（医師の子としてヨーク市に生まれ、オクスフォード大学を卒業後、一時、教師になった。マルクスとフロイトから学んだ社会意識と精神分析の方法を軸として、崩壊しつつあるヨーロッパ社会の断面と、それに呼応する精神的荒廃の状況に診断を加え、「人間同志の真の生きた接触が可能となるような社会の創造」を主張して、いわゆる「三〇年代文学」の方向を決定づけた。

一九三七年、スペイン内乱に参加。一九三九年、第二次大戦勃発直前にアメリカに渡り、市民権を得てニューヨークに住み、各地の大学で教え、一九五六年にはオクスフォード大学の詩学教授となった。）

一九三九年九月一日

五十二番街のとある安食堂で、
そわそわと、心配しながら

僕はすわっている、
低劣で、不正直な十年間に
人のいい希望も消えてしまった。
怒りと恐怖の波は
僕らの私生活にとりつきながら
地球上の明るい土地や
暗い土地のうえをめぐっている。
口では言えない死のかおりが
九月の夜をいらだたせている。

間違いのない学問なら
ルーテルから今に至るまで
文化を狂乱にみちびいた
あの罪の全部を明らかにできる、
リンツで何がおこったかを
どんな、幼時の巨大なイメージが
錯乱した神をつくったかを。

僕も公衆も知っている
すべての小学生が学んでいることを、
悪はなされたものたちが
仕返しに悪をなしているのだ。

追放されたツキジデスは知っていた
デモクラシーについて
言論はどれだけのことができるか、
また独裁者が何をするかを、
無感動な墓場に語りかける
彼等の陳腐な演説を。
その書物のなかで、みな分析されている、
駆逐された啓蒙運動、
習慣をつける苦しみ、
やりそこないと嘆き、
僕らはまた、これをみな耐え忍ばねばならぬのだ。

「集団的人間」の
威力を示そうと
盲目の摩天楼が伸びに伸びている
この、中立のくすんだ空へと
国々の言葉は、争って
空虚な弁解をそそぎこんでいる。
だがどの国が、いつまでも
幸福な夢のなかに住んでいられよう。
彼等が鏡の中から見つめている、
帝国主義の顔が
国際悪が。

酒場にならんだ顔は
世間並みの毎日にしがみついている。
あかりは決して消されちゃならん。
音楽はいつもやってなくちゃならん、と
いろんなしきたりが気をあわせて

この城を、
まるで家庭のようにみせかけている。
僕らがどこにいるかを知らせたくないのだ
つかれた森に迷い
夜を恐れて
幸福だったことも愉快だったこともない子供なんだ。

戦闘的でほら吹きのたわごとも
「重要人物」の叫びも
僕らの願望ほどにはむき出しじゃあない。
狂ったニジンスキーが
ジャーギレフについて書いたことは
正常な人間についても本当だ。
なぜなら、女と男のめいめいの
生れながらに根深い罪過というものは
持ち得ないものを熱望するからだ、
普遍的な愛ではなくて、

ただひとり愛されることを望むからだ。

「女房には嘘を言うまい、
仕事にもっと精を出そう」と
多くの通勤者が朝の誓いをくりかえす時、
彼らは因襲の闇から
倫理的生活へと
足をふみいれているのだが、
この自分を自分でどうもできない
起き出して強制された親爺たちは
ゲームを続けるばかり。
誰がいま、彼らを解放してやれる、
誰がつんぼの心を動かせる、
誰がおしにかわって喋ってやれる？

僕はただひとつの声を持っているだけだ、
包まれた嘘を開いてやる声だ。

世間並の官能的な人の
頭に巣喰うロマンチックな嘘
手さぐりで空を探し求める
「権威」のビルディングの嘘。
世に「国家」というようなものはない
誰もただひとりで在るものはない。
飢餓は、市民と警官とを
わけへだてせずに訪れる。
僕らは互いに愛しあわねばならぬ、でないと死だ。

僕らの世界は防禦のすべもなく
夜のもとで昏睡している。
だが、光のアイロニックな点は
到るところに散在して
「正しきもの」がそのメッセージをとりかわす所を、
ひらめく光で照らすのだ。
彼らとおなじくエロスと灰から成る僕

おなじ否定と絶望に
なやまされているこの僕に
できることなら見せてあげたいものだ、
この肯定の炎を。
（中桐雅夫訳）

*

世界的出来事というか催しには巨額なお金がかかる。そのお金をめぐる事件がつきものになって久しい。ハッキリ言えることは、ロス五輪以降だと聞く。

それはさておき、普通の人が知恵をしぼってできることってすぐ思いつくのは、わずかな土で食べるものを生産することだろう。昔っからそうだった。

いつかの新聞紙上でも、けっこう大きい紙面で写真つきで、ダンスをしながら自家製野菜の料理を研究する女性の記事を見た。個人的な行動はなんといってもほほえましい。

お金をたくさん使ってでき上がる事業が驚きを生むのは確かだが、個人のものにするのは難しい。

わが家のドタバタが少々落ちつく機会は、とんでもないところからふってわいた。夫がヘルペスになったのだ。ごく若いときに罹って、痛い痛いと大変だった。きっかけは水ぶくれだったし、一生に一度しかかからない病気と言われたから、様相もまるで違ったし、夫もウジウジ見せなかったから、今回手遅れになってしまった。

娘が病院に連れて行った。午後はアルツハイマーの診察日だった。娘は大声でくり返し同じことを叱っていたが夫はひたすら黙っていた。

昼前に帰って来て、できる注意を立て板に水の勢いで伝えると、夫に饅頭を押しこんで薬を飲ませて、娘は仕事に出て行った。

夫に病院に行かれるか訊くと、大丈夫行くと明るく言った。医師には、体力がずいぶん衰えているから休養するように言われたとか。

「あなた、ヘルペスの前にＪさんと会っておいてよかったわね」と言うと、すぐ「ホントだ」。わたしはＪさんと一緒に歩いたのは、青山一丁目から信濃町までの一回だけだけれど、彼女の歩きはリズムがあって楽だった、わたしののろ足に行きつ戻りつ上手に合わせてもらっておしゃべりしながら歩けたのだ。

「資格」は大変有効なものである。彼女は外務省に勤めるイギリス女性と日本に来た頃仲良くなった。何があるか分からないからあなた資格をとりなさいと言って、嫌がる彼女を三年間、アメリカの大学の夏季講習に送り出した。彼女は日本の大学で定年まで勤め、現在イギリスに帰っている。その人が夫とも親しいイギリス人のＪさん。

わたしは何の資格ももたないし働いたことすらない。無事になんとか生きてきた「いきざま」をなんとなく書いている。

夫のヘルペスはコロナワクチンが引き出した。水ぼうそうをしていない若い人、子供には空気感染することもあるから外を歩かないほうがいいと注意されたと言ったけれど……。

で、その日であるが、夫はいつでもわたしより十メートルは前で、ときどき立ち止まって待っていた。駅に近くなると、わたしは地下道を通ってエレベーターでバス停に行くと大声で伝えた。夫もそうした。

ショックは脳の病院でもだった。診察までに一時間以上待ったのは珍しかった。まわりの人の顔がちっともかわらない。付き添いの人がなんとなく動くのが目立った。夫が気にして診察室をのぞくと先生がいないと言った。

やっと呼ばれて診察室に入ると、今度自分はまた大学に戻り、新しい医師が交代に来ます。次は記憶テストをしましょうで終わった。ショックでわたしたちも無言。これまで記憶力のための薬を一日一錠いただくために病院に来ていたが、若い先生は、ものを言うときは必ず目を見て、ハッキリ簡単に言葉を出してくださるから安心していられた。ヘルペスの報告だけした。

夫も相当なショックだったらしく、わたしがそのまま病院を出て行くと何も言わなかった。

「あの先生、信頼してたのに残念だなあ」

声がうわの空だった。アルツハイマーは何でも忘れてゆく病気だとか、「信頼」ってどうなるのだろう。

バスはなかなか来なかった。やっと乗りこんだとたんわたしは思い出した。

「お父さん、診察のお金、払ってこなかったわよっ」大声が出た。

「今度でいいよ」と夫。次の予約日も決めてこなかったのに。

「薬がなくなるじゃない、もどらなくちゃ」

次の駅まで道路はこんでいた。やっと降りて引き返した。

受付に行くと、「お呼びしたのですが、レジが空くまでお待ちください」と言われた。「バスに乗ってしまいましたスミマセン」とわびた。薬局に寄ってかなり遅くなった。

「わたしたち相当なショックだったのねェ。引き返せてよかったけれど」

バスを降りれば、「先に帰って洗濯物とりこんで」といつもに戻った。

口もきかず食事の用意をせっせとして、あとお米を研ぐだけになったら、右腕が動かせなくなった。気分も重く、立ってもいられなくて、「お父さんっ」大声で呼んだ。

「お米を研ぐだけだからお願いします」

「えーっ、やり方分かんない」

たまげるような声が湧いて出た。「なにいーっ、日本人だろ。うそつきめっ。やればいいんだっ」とか次々と。もはやつきっきり、「水をとめろっ」とか「米がこぼれるっ」とか引っきりなく大声を出したらスーッと落ちついた。

わたしは先だってバス停でいためた肩がちょっと不自由な痛さでまいっている。包丁を使いづらい痛さで、風呂に入って体を自然に洗えない。イタイイタイと小声を出してタオルを動かしている。

その晩、医師の注意どおりに夫を風呂に入れ薬を塗るだけで盛り上がった騒ぎといったら、目がくらんだ。強い抗生物質が効くのは最初だけだからと山盛りに木ベラで塗る有り様はすさまじかった。一夜過ぎたらなおすごくなったそうだが、わたしは見なかった。

アルツハイマーはこれといった治療法がない病気だから食事は大事なのだ。朝昼晩たっぷり作ることは心がけた。薬が強くて量も多いのだから食べないと体がまいるらしい。

*

新型コロナ禍でずっと実現しなかった浅草の昼食会の電話を、かつての仕事仲間から受けた。電車に一人で乗れない、バスも駄目とハッキリしたこの頃だから、車で送り迎えしてもらっても、川っぷちの忘れている場所に行くのは心配だった。かつては人通りもおだやかで知った人しか行き来しない感じだったが、今ＴＶに映る町は、知らない景色であるからとりやめた。夫は口も出さず笑っていた。

夫が朝食をすませ薬をのむのをみて、図書館に行き、モンテーニュの「旅日記」の四〇頁を読み終わり、やっと返却をお願いした。モンスニ峠を越えて帰還するまでは、記述にこもった思いに、直接わたしが触れているようにじわあっと旅の終わりを感じながら読んでいた。こんな自然な文章は読んだことない。

モンテーニュがイタリアの町で、自分の体以外に興味を持ったのはミサだった。聖歌については時折感想をもらしていた。ときには人びとの楽しみのために、土地にお金を出して、自分も参加していた。身なりも踊りもフランスよりずっと上手であると、彼等のお金の使い方をほめ、食べものはフランスより簡単だと。

白百合学園時代、宗教の時間があった。マ・スールが重そうな太い巻物を広げて見せてくださるのは、ノアの洪水とか、アブラハムのすでにお話として聞いているものでもかなりショックなものばかりだった。嫌いと言ったらバチが当たると思ったことはなかったが、大きな画面は気持ちのいいものじゃなかった。

クラスには、ゴミサがあると、お弁当を二つ持ってくる人がいて、ゴミサの後しばらく教室にいなかった。そういうものと承知していただけ。聖歌は毎日なにかしらん大きな声で歌っていた。お祈りもしていた。信仰とは関係なかったようであるが。

モンテーニュを読んでいて小学校の頃を思い出しているのは不思議な気持ちだった。どういう関係だろう。日常に組み込まれた行事の豊かさは何となく分かっていた。「時代の教養」とは何だろうと改めて考えた。年齢が上がっていったとき、自分の好み主張をふれまわす人に心のすさみを感じた。理由の底に人それぞれの差別意識があった。

宗教は変化を嫌う。昔のゴミサは必ずラテン語だったと聞いた。音楽も古いものは編曲しにくそうだ。モンテーニュの魅力もそこにあった。

学園にはオミドウと呼ばれる場所があった。明るくてきれいな花が山盛りに飾られた静かな場所だった。入り口で、聖水といわれる水の入った器に指を入れ額につけ十字を切ると普段と違う気持ちになったことを覚えている。

*

まだわたしは書き続けたい。ＷＢＣを二回続けて観た。わたしたちの世間がどこか変わってきているのを確かに感じとった。

チェコの野球を初めて観て、選手たちの様子が珍しく、大リーグで映る選手とも違うし動きのわずかな違いが面白かった。見なれない様相のピッチャーが投げるボールは速さまでわかりにくく、そういうものかなあだった。

日本の若い選手だって二回目になってやっと一人ひとりが区別できてきた。普段ＴＶを観ないとこうも分からないものか、違うということを大切にしたいものだ。

『芭蕉文集』（富山奏校注、新潮社）を借りてあったので楽しく（分かっても分からなくても平気でサラリと）読んでみたい。あれこれ読んでみたことはあるから、執筆、制作、年月順に配列された六十九篇を、ざっと続けて読むとどんな感じがするのだろうと。

「この道や行く人なしに秋の暮」

「この道を行く人なしに秋の暮」
キイワードは「軽み」なんのことだ。気が知れない。あんまり難しくてもう一度読む気になれなかった。わびさびは遠かった。

夫のヘルペスは気持ちにからまり、薬の量を飲み違えたりだったが、二週間たって病院に行くと、「大丈夫、薬はやめましょう」と先生に言われたと娘はホッとしたらしい。

「痛くないんですか?」って先生に言われ、「分からない」ってパパは言った。先生は困ったみたい。顔がゲッソリ小さくなったのは娘、わたしもタジタジだったけれど、どうやら夫は生気をとりもどしていくようだ。何があったって自分のことは自分で引き受けるしかない。散歩も可とか。

初めの頃はアルツハイマーのいらいらもあって乱暴な騒ぎ方だったから、体力的にわたしの手におえないと娘が病院に連れて行った。わたしのひどいアトピーを二年みていただいた。娘は腕であったが、虫にさされたあとが異様に腫れ、胸まで土色に変わったとき、治療していただいた。虫アレルギーはその後たびたび。仕事しながら運動をしっかりしているから、医師と具合よく接することができるらしい。

夫は薬の量が多くて日に三度飲み、二度薬を塗る作業は骨が折れた。顔や髪の洗い方が日頃雑だったことも教えたができないと分かった。立つ、座る、服の脱ぎ着を口で言ってもすぐには分からない。手足の動きが逆になる、病院にはヘルパーさんを頼まなければと言われたが、他人は娘やわたしのようにきつく言えないだろうし、と娘が引きうけた。ベタベタ塗った薬がはげないように静かに座らせておくのは大変だった。

一緒にワクチンを受けたわたしのほうは、ひたすら動きがにぶくなった。肩の痛みも長かった。それがワクチンのせいだと思えたから安心もした。とにかく一段落。

戸外から春の小川のメロディが流れてきた。コロナがどんなに流行したって、たいがいの人はなんともないのだ。不安な世間に暮らしていたって自分の気持ちは自分だけのもの、どっしりしていたい。

虫が知らせたらしく、わたしは芭蕉と一緒に上田秋成の『春雨物語』を借りていた。芭蕉百年後は、今の世間に近いかもしれない。気持ちは落ち着かなくても、夫と家にこもっていたほうが無事らしいからポチポチ読んでみた。

芭蕉は旅をして世の中の変わらぬものごとを自分の普段の言葉で文にすることを「軽み」と称したらしい。上田秋成は同じことを語ろうとした。平安期の記録から彼の時代までを『春雨物語』として細々語った。春雨じゃとばかり読み流してみた。

わたしたちは日々何を語ることができるのだろうと思うだけでいいかもしれない。本を読む、ニュースを聞く、思う材料を探すだけでも大変、自然にまかせたほうがいい。

野花が目に入って床しいと感じたり、ひっそり静まった池で物音を聞きとったりを命と感じる芭蕉、確かにとかみしめた。

旅の出がけに魚の目で小石をふんでしまった。鳥の鳴き声と一緒に涙がにじんでしまった。「軽み」ってこんな感じか？
『春雨物語』をすんなり読めてうれしかったのにもう忘れてしまった。何を何回読んでも初めてのように思えるのもいいかもしれない。旅のしょっぱな、泣いていた幼い捨て子に、懐から何か出して与えて歩み去った。つい最近知ったばかりなのに、ストリンドベリってどんな人物だったのだろうとふと思えた。

　アルツハイマーって古い病気なのだろうかと思う。日々考えもしないで自然にやっていたことが突然できなくなる。言葉の理解がさかさまになる。で無事に生きてゆけるだろうか？　一人で暮らしていればすくなくとも騒動にはならないだろうけれど。

　ＷＢＣを観ながら食事していた。ハラハラ緊張して観ていた。煮立った薬罐が目の前をウロウロするのでギャッとなった。台所にさげていっても、紅茶を淹れられないらしい。

「ほらっ、これがポット。お湯を入れてこうして振る」

　やってみせると「ああ、思い出した」の声がした。

　なんとか淹れてくれたミルクティを飲みながらＷＢＣを観続けた。わたしたちを動かしているのは、自分の中にためこんだ生活習慣に違いない。思うこともあたるもあたらないも何なんだ。

＊

とにかく、ヘルペスのために強い薬を日に三回飲み、三度の食事をしっかり食べた二週間は、体にこたえたらしい。朝の薬を塗ってすぐ横になれば、塗った薬が消えてしまうといっても起き上がらない。食事もいらないと動こうとしないのを、外を歩いてくるようにとやっと家から出した。

何時間もズルズル眠ってしまうのは、多分ステロイド中毒だろう。気分が悪いからただ不機嫌、言葉でなんとかとりつくろう気もないのだから、散々世話をして顔が半分に小さくなった娘は腹が立つだけ。家族全員クシャミをして声が変わった。労力は力の限り使っているのだからあたりまえ。飲み薬はやめても、その後、一週間塗り薬はわたしが塗っていたのだからまあよくたえた。

あなたも大変だったでしょうけど、アルツハイマーなんだもの、のんびりしてください、となぐさめると笑っていた。

一日たって、モンテーニュの「旅日記」はパスカルも飛びつく類のものだったとわたしは納得した。自分の思うことを自分の言葉で自然に言い表すことがどれほどのものであるか、言葉にできる人もいないのだ。

芭蕉は俳句の仕事が、江戸で盛り上がった頂点の時期に、深川の草庵に引っこんだ。人びとにとってこれは「なぞ」だった。で、芭蕉は旅に出た。わたし共は、現在勉強してそれを分かったと思っている。

今年は、白木蓮が上から大きな花芽をつけはじめ、二、三日でまっ白い花が咲き、あっという間に散ってしまった。雨が降ったせいもあるが何とも潔かった。やぶ椿は、真っ赤な花を木一面につけた。うるさくない感じで長いこと楽しんだが多分、わが家に来て五十年目にして初めて。しきみやあせぼも満開だがわたしはこの頃庭にも出ない。どうしてか分からないが体がふらつくのだ。思いあたることないから気味悪くてじっとしている。

娘も熱を出した。二週間、強いステロイドを木ベラや綿棒で日に二度塗るために、風呂の入り方、髪や顔の洗い方をつきっきりで指導したのだもの。

わたしは早く目が覚めたので、たくさんたまった汚れものを二層式洗濯機で洗い出した。二度に分けて洗い、三つに分けてすすいだ。つきっきりでのんびりと、じつきれいになった。娘も起きて夫に薬を塗っていたが声がしゃがれていた。元気になった夫は、「歩くと、きっと薬の吸収がいいわよ、早目に帰ってきて」と外に出した。

転ばないように気をつけて全部干し、娘と食べ終わった頃に帰ってきた。私は悪玉コレステロールを減らす薬で気持ちが悪かったのかもしれない。

「桜は見ましたか？」娘に訊かれた夫は、「見なかった。下ばかり見てたかなあ」。

市営コートのおかめ桜は満開だろうし、途中の庭先の木瓜だって山盛りに咲いてるに違いない。わたしは夫がどっちに歩いたか聞く気がしない。言われたから歩いてみたのだろうそういう人なのだ。明日にでも自分で歩くつもりになれたといってうれしいわけでもない。娘はどうなるかわからないといって仕事に出て行った。

まぶしい天気につられて、「お父さん、Jさんに連絡したら？」と言うと、二週間以上も忘れていたから、大喜びで電話して、浦和に来てもらうことになった。

夫はまだ言葉がスムースに出ないから、わたしが要点を伝え、受話器を交互に使っても余分な話はしなかった。夫の声だけで様子が分かるから。

返却する本をリュックに入れ、わたしは図書館に出かけた。いつもは夫が返してくれていたが、前回買い物袋ごとボックスに入れてきた。よく入ったなと思う。その日も重かったから何かこわれたらと思ったまでだ。

ズラリと並ぶ全集をながめると、どうしてこんなに書くことができたのだろうといつも思う。二冊借りたけれど、読むだけでわたしは二週間じゃ足りないくらいなのだ。

*

夫は開ける、閉めるが分からなくなるときがある。言葉がちょっとでも分からないと、人を見ることがない。最近は新聞紙をひっくり返しているだけ。面倒をいくらかけても一言の礼も言えない。娘は何でも悪く悪くののしって、まるで悪鬼のようである。わたしは平然としていたいのだがままならない。

鏡付きの洗面所の戸棚の戸が閉まらなくなった。建具屋さんに電話をするとすぐ来てくれ、金具を一組替えれば大丈夫と言われた。

以前、ベランダのがらりがすりへってはずれたとき、電話帳で探した。風呂場の戸を作りなおしたときの建具屋さんはとっくに店じまいしていたから。古い街に二軒あるうちの中仙道のみるからにの店構えの店は、「ウチは今仕事してません。既製のモノを入れるだけに変えました。もう一軒を、あそこは頼めばやってくれますよ」と言われた。町じゅうがきれいな三階建てに建て直されているから心細かった。若い人が気持ちよく仕事している現場だらけでも、地味じゃないから。

幸いにも、わたしどもより若い建具屋の主人は、腕の確かな人だった。スッときてパッと直してくれた。今度で三回目だ。

ＴＶに映るものには、地味なものがなくなったようだ。人工照明にくっきり浮かび出るものは、日頃わたしどもが言葉で思うものとドンドン離れている感じである。

ＷＢＣを観ていると、スポーツマンこそ仕事人に違いないのをまざまざ見せてもらった。野球は、組み立てのしっかりしたドラマであることを、日本チームは鮮やかにマイアミで演じてくれた。まるで歌舞伎のように、わたしは楽しんだ。

変わらない確かなものって、いつでも新しい。ものは作られたとたん古くなる。古くならないものって何だろう。ためてもためても負担にならないものを求めたかった。

新聞に毎日ビッシリ書かれている文字から何か受けとるものがないのは、そうしないわたしのせいではあるが、わたしが今求めているのは、金具一組とり替えて気持ちがさっぱり落ち着くような何かなのだ。

日本は途中で敗退したけれど、W杯では新しい兆しが確かにあったし、アルゼンチンの優勝にはもっと確かな鍵を見た。

昨今のWBCにわたしは本当に期待して、予選から毎試合、疲れるほど力を入れてTVを観た。結果が出たら後で嫌というほどプロの解説を見聞きできるはずだから。

どこかで「妻より大谷」のプラカードを見た。こりゃシェイクスピアのソネットじゃないかと思った。この頃になってやっと一つずつ目を通しはじめた。まだ全部は読めないけれど、それでも「やっぱり」の兆しは出てきた。これだから古典なのだ。

一方、金銭被害のニュースは毎日耳目に入るし、金額といい手口といい、同じようなものがひきもきらないし、だまされつづけている異常はどうにもなんとかなる気配が見えない不思議な現象である。

最近は、犯罪組織の存在が大ニュースである。わたしが若かった頃は、日本は世界で一番安全な国と言われていた。質素倹約で親世代がたくわえたものが若い世代に狙われている。わたしが中学生の頃につきまとった同級生は日本人じゃなかったので、わたしたちが知らなかった大人びた話で切りこんできてグループをバラバラにした。

簡単に言えば、オレオレ詐欺は組織を作り大がかりになって逮捕のきっかけができたらしいが、彼女は一人で考え身内の助けで実行しとげたから無事大成功に終わった。

誰もひとことも話さない。バラバラになった昔友達も無事に自分の暮らしを維持しているし、自分の国で生活している。

若いときはかくありたい、なんてまったく考えてなかったけれど、まともに一所懸命自分の暮らしを毎日暮らしていたら、かかる次第でございますと書きとめてホッとしている。

*

国語の教科書にあったロバート・ブラウニングの詩「春の朝」が好きで、暗記していたから始終自然に口ずさんでいた。

時は春、
日は朝、
朝は七時、
片岡に露みちて、
揚雲雀なのいいで、
蝸牛　枝に這ひ、
神、そらに知ろしめす。
すべて世は事も無し。（上田敏訳）

次なる読書を示唆された気持ち。

都市の景観が段階的に上等になってゆくに従って、国は豊かになってゆくと誰もが思っていた。千差万別のたくさんの人間が平等であることのしわよせをそのままに進んでゆこうとする無理をなんとかすることは語られなかった。

電車に乗って、座席に座っている全員がおだやかに眠っているのを見て、外国人が驚く話はときどき耳にした。

東京に建築事務所を持ち熊本大学の教授でもある方と親しくなった夫は、彼を大変尊敬して機会あるたびお話を聞いていた。

建築の仕事がなかなかなかった時期、熊本の町を歩いて、興味ある古い住宅を探して本にしたり、大学の講堂が古くて取り壊されると、廃材を阿蘇に運んで縮小して自分の住居を建てた。生徒に勉強もかねて手伝わせたすまいは、できたとたん、いつくずれるかと言われたらしいがずっとそこで暮らし、本にした。上空から撮影された写真は、堂々たるものだった。御両親が夏休みにやって来て一緒に暮らした折の、食堂に座ったお母様の写真がわたしは大好きだ。

その頃とっていた新聞の夕刊に、教授のコラムがあり、ときどき興味深く読んだ。ごく普通の調子がなかなかだった。その頃の日本はまともだった。教授は町でヤクザと本気でケンカして負けなかった。その噂を聞いても驚かなかった。前後して富岡多恵子氏のコラムもわたしは熱心に読んでいた。方向感覚の大変いい方だと。

昨今、住居が高層化して、新しく市民になる人がどっと増えたから、その各々にいちいちもの言うことはなくなったと思うけれど、わたしどもが浦和に越してきて、最初にわが家に来たかなり年配の自治会の人が口にしたことは、昔の町がどんなにひどかったかで、市行政の杜撰さがどんなかを新しく来た人にぶつけた目的は、自分たちがどんなに苦労したかで、なによ自分だけ特をしてというもの言いだった。しかも長時間腰をすえ、自治会に寄付をとるまで帰らなかった。

県内で越してきた人は、学校の母親仲間を作り、町で自宅で楽しい集いぶりを人目にさらし難をさけた。

サッカーの町、学園都市だと外に向けて聞こえていた声とまるで違う町の素顔は、学校に集まった父兄というより母親たちの他人に向ける異常な注意、視線にあらわだった。

働く男のほとんどが昼間の町にいない、寝たきりの人がそのまま選挙に当選する、なんとかしましょうよと耳に入った。

次に聞こえたのは、学校のつながりの強さだった。人口は三〇万人、文化人がたくさんいる噂だった。

わたしは原山に住んでらした瀬田貞二氏が、神保町でフランスの絵本を買い、家まで帰るのを待てずに、浦和駅のベンチで広げて読んだと、「こどものとも」で読んで、浦和に引っ越すことにしたくらい。話と現実が一緒なんてことこそない。

わたしがまともだと思う女性で、人にも知られていると思える富岡多恵子氏は、どこで読んだか忘れたが、ある雑誌から依頼があったとき、その雑誌を知らなかったので、「そちらにはどんな方が載せるのですか?」とたずねたそうだ。女優の某さん、政治家の誰それと言われ、断ったと書いていた。「自分の方法を編み出して詩を書いているから」が理由だった。

＊

その頃は、いろんなことを教える組織や会派やらが大盛況で、さまざまなスクールが出現していた。習うことでなんとかなろうという熱でムンムンだった。「自分」なんて考える人はいなかった気がする。一方「自己流」は卑下でもあり、まったく駄目と厳しい評価にもさらされていた。

つまり、世の中から「まとも」をかきすてることに世の中は夢中だったかもしれない。即席の時代だった。それでは「まとも」とは具体的にどういうことなのだろう。

現実の中ではわたしはみつけられなかったけれど、シェイクスピアのソネットの中に時間そのものを語るものを二つ見つけたので書いておく。

（59）
この世に新しいものはない、
今あるものは前にもあった、

もしそういうのなら、
わたしの頭脳はとほうもない妄想に
犯されているのか。
新しいものを生むつもりで、
前に生まれた子供を
生みなおしているのだから。

ああ、記憶をさぐり、
過去をふりかえって、
太陽五百回の歳月をさかのぼり、ひとがはじめて心を文字にうつし取り、
書きつづった
古い本のなかに、きみの姿を
見ることができたなら。

そうなれば、きみのこの見事に
均整のとれた肉体について
昔の人たちが何を言いえたか、

わたしたちが進歩したのか、
彼らのほうが優れていたのか、それとも、歴史は循環して同じことを
繰り返すのか解りもしように。

いや、わたしは確信している。
むかしの才人たちは、
きみに劣る題材に
讃嘆をささげていたにちがいない。

(60)

ちょうど、小石に埋もれた浜辺に
浪が押しよせるように、
わたしたちの時間も、刻々と、
終わりへむかって急いでいる。

それぞれの時が
先をゆく時にとってかわり、

みんなが押しあいながら、
つぎつぎに進んでゆく。

幼児はひとたび光の大海原に
生まれでるや、
這いにじり、壮年に達するが、
頂点をきわめると、
不吉な影がその栄光にたたかいをいどみ、
かつては
あたえてくれた時の神が、
自分の恵んだものを打ちこわす。

時の神は青春のはなやかないのちを
刺しつらぬき、
美の顔にいくえもの皺をほりおこし、
自然が生んだ完璧無比の手本を食いあらす。
時の大鎌に刈りとられずにすむものは、

何一つない。

だが、わたしの詩はその酷い手にあらがい、
来るべき世まで
持ちこたえ、きみのすばらしさを
称えつづけるだろう。　（高松雄一訳）

種々の試みは若い人びとが稼ぐ仕事を作ることが目的だったが成果はほぼなかったようだ。サプリメントが大流行、スポーツ用の様々な器具も販売されて、手軽、便利が大流行だった。世の中がものすごく進歩している感じでじつに明るかった。

夫は流行の中に飛びこみ、思う存分働いていた。心から楽しんでいるふうだったからわたしはそのままながめていた。妙に健康に気を遣いサプリメントを信用することはきつく注意した。しかし、信じていることを外から強制して何とかするのは、無理があった。そうしたつけに現在苦しんでいる。アルツハイマーの正体の一つだろう。

世間にあふれていた「楽しさ」は「楽しそう」につきていた。自分の内面は放っぽって世間に向かって言うこと、表現することに精一杯だとわたしには見えた。わたしはいつも外にいた。

わたしは最近、『芭蕉文集』を読んで、じつに重くて最後はうやむやにしてしまった。

ふと目に入った富岡氏の『西鶴の感情』（講談社）を手にとって、そのまま借りた。そのときは、芭蕉と関係あると思いもしなかったのに、なめらかに読んでいると、まるで直接語っていただいているように、読後のバランスが芭蕉とつり合ってじつにホッとした。

*

ワクチンとコレステロールを抑える薬でギシギシの体をなんとかしたくて焦り気味だったが、その晩、熱い湯につかっていると、いく分楽になってきた。

ウイルスはなくならないは娘の口ぐせ。わたしは気持ちだけでなんとかしたい。

世間が面白くなかった頃、旅行記ばかり読んでいた。その最後に、ふと手にとってスッと買ったのが翻訳されたばかりのエドウィン・ミュアの『スコットランド紀行』だった。

面白く読んで、詩人だと知ったので、読みふるした白鳳社の『英米詩集』（西脇順三郎編）を開いた。「夢と物」（関口篤訳）が興味深かった。当時はまったく分からなかった。つまり、夢と物の関係って何だろう、あるに違いないのに、どういうことかさっぱり伝わらなかった。

何十年もたって、こうして自分のその頃を書きとめていて、またこの詩を見直すと、今でも読んで分からない気がした。

詩集の中には、そのときどきで夢中で読んでいた詩もいくつもあるのに、それを今くり返して読もうと思わないのも不思議だった。

ところが「夢と物」は妙に引っかかって、何度となく読んでいると、ＷＢＣ直後だったからか、あの試合と一緒に浮かんでくるものに、読め、読めと追い立てられるように思えてくるのだった。とり合えず書き写した。

夢と物

これは物である。これは確かに物である
われわれはそれを一度夢に
見たことがあった

そしてそれは今　ここにあらわれた
あれは夢であった　しかしこれは
これは物である

夢は鮮やかであったし
夢は時がもたらすものを

あらかじめ告げることが出来るものだ
しかし時がもたらしたのは
ただこの物だけのようだ

それに、すべてはすべてのものに似ていてそこから深い親愛の類似があらわれるのだなどと
この物は疑ったこともないのだ
夢がその閉じていた翼を
拡げようとしたのだ

とわれわれは思った
しかし　ここにひとつの物がある
病んでもいなければ　健康でもない
愚かでもなく　かしこくもない
あらゆる物語はこの物について
語られるのに

語るべき物語さえもってはいない

あれは物である　物そのものである
そしてもう一度よく見てごらん
すると君は
あのぼうとした塊の群から　ひとつひとつそれぞれの光輝をひき出せるかもしれない
信ずるに値するものは
奇跡の中にしかない　（関口篤訳）

台の上に一団となった、トロフィをかかげる若者たちの群れが浮かんできた。わたしどもの体は物である。物から湧いてくるものがあるとしたら、それを育てるのは物であろう。それを自分と呼ぼう。ああいう若い人たちは、こんなことをすっとばして毎日暮らしているだろうから、ああゆうことができるのだろう。

本を読むのは体に悪い気がするし、実際、視力の衰えを外を歩くたびに驚く有り様だ。わたしは、すっかり大人になってから運動を始めたから、なんとなく周囲全体の空気からわたしが分かることが出てくるのをじっと待って、やっと動くことができたような気がする。

自然に動きたかったが、どうしたらいいかが分からなかったようだ。子供は違うと思っていたが、テニスを始めて、さまざまな場所に出入りしていると、子供も同じであることに気がついた。

誰でも最初に分かったこと、できたことを自分の基礎にして行動しているのは確かだった。極端にいえば、どんなにいいこと、ためになることを言われたって、分からないことは手がつけられないということらしい。分かっているけれどできないは、ほとんど信用できないらしい。

ＷＢＣに出ている人の場合にあてはまるかもしれない事々を、言葉で聞いて普通の人が言ってみると、中身が違ってどうにもならないらしい。つまり、分からないの中身が人によって違いすぎる。外から見て判断することすら、人によって違うらしいもの。

オリンピックやプロスポーツの試合に熱狂できるのは、大観衆がほぼ同じように受けとれるものがあるからにつきるだろう。

例えば、最近の日本とコロンビアのサッカーを観たわたしの感想は、各々のチーム全体のスピード量を計ることがもし可能なら、両チームはかなりの差を出しただろうなだった。

わたしが言いたかったことは、四十年以上前、初めてテニスの試合をＴＶで観たとき、「この人たち何してるの？　さっきからボールがあっちいったりこっちいったり……」

ウインブルドンの決勝だった。分かることって大いに経験と関係あるらしい。それの当否が自分。

＊

コレステロール値を計る採血に病院へ。緊張して家を出た。歩きたい気持ちはあっても、この一カ月ほとんど歩けなかったから歩き始めはギクシャク。天候の関係でボードにもまるで行かなかった。

何をしていたかといえば、夫のヘルペス、わたしの不快が家に閉じこめていたらしい。一週間後に結果を聞きに病院に行くまでに、閉じこもった一カ月についてじっくり考えようとしている。ここまで生きてきた整理をしたい。誰でも最後は自分しか残らないらしいから。

白幡から帰りは歩いた。坂を上って遠くに浦和の高層ビルを眺めながら白幡沼の上の道をたどっていると、わずか一年のあいだに起きた変化がつぶさに浮かんできた。いいことはほとんどなくても、懐かしいなんて感じはなくたって、結構いいものだった。土地のデコボコの平らなところを露地がはしって、庭の広い住宅があちこちに散らばり、花木が満開だった。

しかも朝食ぬきで、一カ月ぶりにかなりの距離を歩いたので、家に帰って一人で静かに食事していると、体を養っている気持ちがした。夕刻になると体がのびて、庭を歩くといっそうそんな感じだった。

早目に夕食の仕度をした。コレステロールを減らすには、歩くことが一番いいといくら言われても歩けなかったのが、明日はボードに行こうに変わった。

ワクチンの後、体が変におかしくて、鬱陶しかった。ボードも難しくて、こんなことってあるのかなあだった。木瓜の古木は、ほぼ花を散らしていたが、わずかなすきまに細かい枝を張った一重の白い山吹は、今が盛りで目に飛びこんできた。ボードで古い知り合いと出会いすれ違った感じに似ていた。

*

美容院の予約をしていたので八丁堀へでかけた。

初めてパーマネントをかけたとき以来の店も、月日のなかで激変した。場所も銀座通りから一歩ずつ後退して、名前もついに変わった。

パーマネントそのものはほとんど変わらない。多分元通りの手順だろう。

わたしはときどきおしゃべりしながら座っているだけ。都心といっても八丁堀はひっそり。細い通りに人通りもない。

都庁がかつてあった町は、元来、印刷屋さんの町だった。今はビルの中に店が作れるのは上のほうだけらしい。路面は昔からの何かでふさがっている。かろうじてシャッターがおりていない町。

エレベーターで直接入るのは怖いと思ったがセキュリティのためなのだとか。

区の施設や学校があるから夜は怖いだろう。大通りをトランクガラガラの外国人が、もっと奥へと多数目立つのは、暮らす人の少なさを思わせる。さすがに清潔だけれど。

わたしはちょっと読みかじったことがある山本七平氏の本を思い出していた。わたしもまた緊張感をまったく忘れることはないなと思いながら。山本氏は『日本人とユダヤ人』なるものを書かれたと知っていた。

日本人とユダヤ人と聞いたとき、すぐ感じたある種の緊張感、だから読まなかった。自分の緊張は大事にするのに、緊張させられるのはまっぴらというか。

わたしが読んだのは、幼い頃か少年時の思い出、都心のすぐ裏側の描写が懐かしくて興味深く読んだ。銀座の裏通りの運河に汚穢船が着く話とか。山本少年はひとり、知り合いの漁師さんに預けられ、海で夏を過ごしていた。

帰りは東京駅までゆっくり歩いた。街が変わってゆく姿が、ときどき出合うなじみ深いものと点々とつながって、疲れるのも楽しみである。

東京駅へ歩くのは二度目でも、違う通りに出てしまったから目新しかった。雨が降ったりすればもうできないわたしの遊び。街中に桜が散り敷いて、若い親子連れがドンドンふえてくる。おしゃれで可愛いのびのびものなれた動きの子供たちは、アナトール・フランスのパリの子供のようだ。日本橋近くまで昭和通りを歩き過ぎてしまった。東京駅に向かう縦の通りというのか、いくらか細い道は桜吹雪で全面桜色だった。

春休み最後の人出で、帰りはきついなと思っていたが、東京駅で座れてラッキーだった。若い女性が譲ってくれて、さすがにありがとうございますと素直に座った。

さっさと歩けなくても無言ですれちがう都心の雑踏ってたまにはいいものだ。

*

わたしはいまだ体の重さを感じても、距離は歩けると分かったから「お父さん、別所沼に一緒に行きましょう」と声をかけて家を出た。

夫の面倒をしっかり見て、しっかり叱って顔がふたまわり小さくなった娘は、朝早くさっと掃除をしてゴルフにでかけた。明日はちょっと遠出をするから今晩は早く食事をすませ早く寝たいという顔色はよくなっていた。

白茶けた顔色の夫は、いつもながらまるで歩調が合わない。声はしゃがれてほぼ聞きとれない。沼べりのベンチに腰をおろすと、ムスッと隣りに座るだけ。アルツハイマーは自覚しなくちゃどうにもならないといくら言っても分かろうとしない。

寄っかかりだすときりがないのは昔からだけれど、いくら家族でも自分はよりかかりで気を遣わせるだけはやっぱり不愉快。

「お父さん、ここはどこ?」

「知らない」

「いつも来てるんでしょっ、覚えていないの?」

「知らない」

「ベッショヌマ、大きな声でハッキリ言ってみてよ」

コロナの出始めは、沼の近くは走る人が一杯で近よれなかったのがウソみたい。端のほうの広場で、子供と一緒のお母さんが目につくくらい。

二人で歩く初老の人たちもめっきり少なくなった。一人で歩いているのはおじいさんばかり。

十分年寄りのわたしは歩いてきただけでガックリした。歩く速さが違う以上に、いかにもつき合っている様子じゃ面白くなるはずなかった。

中国産の高い杉にかこまれた沼は、陰気な人工的な公園だった。きれいに整備されているだけに、こんなこましゃくれたところ、よく来るじゃないか。

池のそばのとても気持ちのいい店と夫が言った会館はずっと後ろだった。わたしはとても行く気になれなかった。

「俺ひとりで帰る」と池にそって歩いて行った。娘が鉄棒のために一緒に来る横をスタスタ歩いて。

わたしは表通りを歩く気になれないから、県庁の真ん中を通る道を歩くことにした。一人で歩くと楽だった。疲れは、家を出るときにすでにあったなと気がつくくらい。

玉蔵院の裏から中仙道を越えた。浦和で一番古い自然食品の店で、雑穀の太巻きを二種類買った。往きに通った道じゃないところをくねくねたどって。浦和に住んで、いまだ歩いたことのない露地も歩いてみた。

家に入って「お父さん」と声をかけると、「おう」と降りてきたから一緒に食べた。

わたしがやっと本を読み出すと、わざわざそばに来て、「それ面白いな」と言った。

「あとで読んだら」

中身がどちらかといえば夫に似ているから読むかもしれない『死せる魂』(ニコライ・ゴーゴリ、東海晃久訳、河出書房新社)。まだ半分までしか読んでいない。

どうなることかとハラハラしどおしでも、雑用に追われてはかどらない。わたしどもの暮らしは、あらかた必要もないことでできている。いろんなことの関わりでとりとめながらここまで書きつけてきた。働いて暮らしの費用を稼ぐ仕事で、人が思いつけない仕事をみつけた主人公は、どうなることかとハラハラは面白いけれど、大層部厚い本なのだ。

パラッとしたとき、どこかにポエムの言葉を見たし、プーシキンの名前もチラッと出てきた。わたしが大学に入った頃、さかんに耳に入ったけれど、遠くに感じて近よらなかったのは、あまりに現実だったからだろう。

嫌味のない泥臭さが面白く読める。手応えのない話にビクビクして。あまりの現実ばなれに大笑いするロシア人も現実的じゃない。ああいう大笑いはもはやないだろう。

学生時代のにぎやかさって何だったろう。かなり無理があった気がする。ギュウ詰めの若者の期待、他力本願。現在は大学自体が大きくなって、学生の多さが紛れているらしい。

＊

先日、パーマをかけに行った美容室。小さい飾り棚におひな様と一緒にあった額がじつに面白かった。本物の毛髪で田園風にきちんと三つあみを下げた娘さんの後ろ姿、創業者の先生が外国旅行で買ったもの。どこかの店の整理を手伝ったとき、好きなものを持ってっていいと言われたときのものだとか。旅先でふと先生が手にした感じがじかに伝わってきた。

カリスマといわれる要素があふれる明るい人柄。人を惹きつける人相のよさがそのまま伝わる店。川越の職人さんが作ったという簡単な小さな棚は、飾っているものをきれいに引きたてていた。

いつだったろう、来年は酉年というとき、デパートで観た若冲。

「お父さん年賀状、鶏見なくちゃ」とわざわざ夫を引っぱって出かけた。冗談でなく最高の作品ばかりそろっていたと思う。見たことない見応えの会場。

次はやはり夫と展覧会を観た後、四十分二人で並んで座って観たフィルム。お二人のデパートの社長さんが歩きながらデパートの夢を語ってくださるのを息をころして聞き入った。夢は誰かが形にしてやっと手に入る。

面白いも美味しいも、人は自分で感じるものだと何気なく思っていたが、自分の家に両親と暮らしながら一生涯面白いも美味しいはおろか、お腹一杯も、あたたかさすら経験することなく大人になって、わが家に火を付けた兄からそうなった元を聞きながら、煙が香ばしい匂いがする、あたたかいわぁと幸せを感じている……。

戯曲を読んだ。訳した人は森鷗外。時代考証が評価される幾人かの伝記の後にすべりこませてあったストリンドベリ作。伝記はまるで歯が立ちそうもない。偶然、図書館の棚から引き抜いたわたしは開いた口が閉じられなかった。まさか泣き出しはしなかったが、鷗外の静かな異常は、ときどき声は出さずに笑うが、どういうこと？　考えることにもなる。

医者なのに、葬式の行列がどういうわけかだんだん歩みを速くしだし都大路をしまいには走り出した。かつぎまわされた死者がついに生き返ったとか、わたしの間違いはあるかもしれないが、どこかに、あの頃亡くなった作家は国木田独歩だったかしらとあったのも覚えている。ちゃんとした小説として全集で読んだ。

夏目漱石の自転車の練習、これほど明確に理由が分かったことは他にない。漱石先生はブレーキの存在を御存知なかったのだ。

『死せる魂』、有名な言葉を訳者は「あとがき」で、瞬き続ける文字と言っていた。

*

早起きして血液検査の結果を聞きに行くと、薬が効いて許容内におさまったから、七月にまた来なさいと言われた。そんなに薬を飲むのは嫌ですけど……と言ったものの、老院長の言葉どおりにした。

薬局に寄って浦和まで歩いた。ぐるぐるまわり道してたくさん歩いた。口がもつれるほど疲れた。娘は正月以来、やっとまとまった休日を得ていたので、なんとかこの期間中に体力を回復してもらいたい。練習に行ったあいだに晩御飯の用意をした。早く食事をすませ、八時過ぎには家中が寝ていた。

東武東上線の奥のゴルフ場に朝早く出かけた娘につられて、わたしたちも早起きした。食事をすませ、片づけは久しぶりに元気になった夫に任せて、わたしは『死せる魂』にとりかかった。どうしても読み終わりたい一心で、夕方近くまでかかり切った。

夫がなんとなく頼りなげに話しかけて来た。お腹がすいたんだ。大急ぎで手を動かし、いざ食べましょうといっていると電話が鳴り、「駅前でおまんじゅう買った。六時過ぎには帰れる」という娘の声がした。「お父さん、お腹がすいてるから今食べるところ」と言って電話を切った。

のどかな一日だったのに、変事はとっぴょうしもなく出た。わたしは紅茶を淹れたが、牛乳を出すのを忘れた。

「お父さん、牛乳持ってきてください」

待っても待っても来ないので台所に行くと、薬罐を火にかけていた。

「牛乳だけでいいのよ、ガス止めて！」

その声でプッツン。煮立った薬罐をテーブルまで持ってきた。

「薬罐はいらないの。置いて来て！」言っても台所とテーブルを行ったり来たり。人はお腹一杯でこんなことしない。知らん顔して飲んでいた、本を読みながら。夫は飲んだカップと牛乳を持って台所へ。

「お父さん、牛乳は冷蔵庫へ入れといてって言われたの覚えたの？」

「うん」と二階へ行ってしまった。わたしは食器を洗ってまた本に戻った。

帰ってきた娘は昂奮していた。何にもないと思っていたどんづまりの鉄道広場の奥にまんじゅう屋があって、朝早く初老の御夫婦が、まんじゅうやのり巻きを作っていた。

生ものだからうんと気を遣った。そういって小さな紙袋に四角なラップに包んだまんじゅうを入れたもの二つを、無事にテーブルに出した。いかにも人の手がこさえたふっくり空気をふくんだまんじゅうは、娘が御飯を食べるあいだじっくりわが家をながめていた。

夫は、楽しそうにひたすら話す娘の話に、いちいち返事していた。

おかげでわたしは本を読み終わることができた。

＊

ゴーゴリの新しい小説は、イギリスのチェスタートンが言っていたような荒野を耕す暮らしへと、二人の召使いと共に出発するところで終わっていた。

ゴーゴリを借りたとき、彼の時代を解るために、『二葉亭四迷全集／第五巻』（岩波書店）を借りていた。読もうとすると、文字が細かくぎっしりなので読みにくく、文章は難しすぎた。一九六五年一月二十六日第一刷発行の本だったことに呆然だった。第五巻を借りたのは、全集を一冊ずつぱらぱらながめていて「かぐや姫」と読めたから。

それまでに何かしら読んだものには、哀愁の現実とつかずはなれずの暮らしを感じて日本の小説らしいなと思っていた。作中にただ一瞬あらわれる歯をむき出した人物も日本的酷薄の表現の一つだった。四迷とかぐや姫の関係やいかにだったのに、かぐや姫を語るのはとある政治家であった。

「……まあこんにちはそんなシカツメらしい政治談はよせ、その代わり己が大砕けに砕けて一つ『かぐや姫』の批評をやって聞かさう。そうよ坪内さんの新作のあれよ、何だそんな閑文字は読んでる閑がないと、だから政治一点張りの無趣味の野暮天は話せないといふのだ。己なんぞは時々かういふ洒落たものを読んでゐる。ナニ、盗人の昼寝だろうと、馬鹿言へ英雄閑日月ありだ、ハッハッハッハ。『かぐや姫』はまず歌の竹取物語だ、あの物語の筋をそっくり利用した歌曲よ、歌と楽とは影で演奏して、優人がそれに連れて舞台で振事をやるのださうだから、まず日本式オペラといふ様な物が出来るンだろう。……兎に角竹取物語は彼の通り古雅な罪のないお伽噺だが、この「かぐや姫」は作中人物といふ中にも殊にかぐや姫の感懐だ、それを歌ふ文句の中に自然作家の感懐が宿した處があって、やれ人生観だ世間観だと、君達が読んだら屹度三日位飯の味が分からなくなる程それはシチクドイ物よ。己は自慢にもならんが歌も分からん、音楽も分からん、作者は此新曲を作るに付いて歌曲上音楽に苦心したらしく見えるが、己には其苦心を値打ちすることさえ出来ん。此点は頭からおじぎを一つして降参を表して置かう。それから歌曲の文句だ。これは黒人目には如何見えるか知らんが、素人の己なんざこれを読んだ時には今日の作家にも此程の文章が存るかと思って驚いた位だ、確かに明治始まって以来の大文学だ、或は日本開ばやく以来の名文章の一つに数ふべきかも知れん、シカシ其様な事項は黒人の評にゆずって己はこの作に託した作者の感想だな、そいつを一つ評してみよう」が大変面白かったのでそっくり写してみた。「解説」は難しくて大変長かったので省略。

「かぐや姫」は誰でも知っている懐かしい話だからいいだろう。これぞサクセッション、理屈はいらない。こんなことめったにないかもしれない。

ふと、最高の文学と耳にしたこともあって、かつてただ読んでみたシェイクスピアのソネット集をひもといた。年齢もあってか、『死せる魂』と通ずるものがぼうっと浮かんだ。

やっぱりそうだった。最初から読んでいると35番が『死せる魂』を彷彿させた。

もう、きみがやったことを悲しむのはよしたまえ。
バラには棘があるし、透明な泉にも泥の底がある。
雲が日や月をかげらせるし、日食も月食もある。

こよなく美しい蕾にも、忌まわしい虫はひそんでいる。

人は誰しも過ちをおかすもの、このわたしもそうだ。
きみの罪をほかと引きくらべて正当な行為なりと認め、
きみの過ちを言いつくろってわたし自身を堕落させ、
きみの罪をことさら軽く見て許そうというのだから、

そのうえ、きみの官能の罪を助けるのに分別を呼びいれて、
このきみの敵をきみの弁護人に仕立てあげ、
わたし自身を相手に、法にのっとって訴訟をおこすしまつだ。
わたしの愛と憎しみはこういう内乱状態にあるものだから、

わたしからむごくも奪いとるやさしい盗人がいれば、
わたしはその共犯者にならずにはいられない。（高松雄一訳）

訳者の東海晃久氏はあとがきで、『死せる魂』はまたたき続ける文字と言っていた。プーシキンのアイデアをいかしたポエムであるとも。

そのひらめきの源にシェイクスピアがいて、なんの不思議があろう。

*

職業は、わざわざ作るものより、暮らしの中から自然に出てくるものを大事にするほうが自然かもしれない。

何十日ぶりに夫の病院に行くと、同病と思われる人の付き添いがみな若かった。車椅子の人が多かったからかもしれない。

しばらくすると夫は、記憶力テストに呼ばれた。で、なんとなく辺りの人に視線が流れた。車椅子につきそう人は、自分の本を読んだり、後から入って来た病人の隣りに座った中年の女性もただ隣りにいるだけ。

多分、病人の初老の人が、小声で何か話しはじめた。最初はわずかに返事していたが、正面向いてじっと腰かけているだけ。初老の人は、そちらを向いてずっと何やら話し続けている。

夫が戻ってきた。記憶力テストは何やら難しくて、ほとんどできなかったと言った。受付の人にしきりに聞くくらいショックだったらしい。わたしも聞こうとしたが、相手にしないのは、わたしに分かるように自分が言えないと思っているらしい。

まるで反応しない人に向かって、ほとんど後ろを向く感じで、ずっと話し続ける人が目の前にいることもあって、わたしは横に席をずらせた。夫はそこに座ったが、まわりにまったく意識が向けられない。

無言で車椅子を押す人たちが二組過ぎて、夫が呼ばれた。

娘が最近の夫の新しい行動をメモした紙を渡すと、先生はまず目を通された。夫は自分が思ったことを言葉にできずにモジモジ座っているだけ。（わたしは四六時中、アルツハイマーは自分で自覚しないとどうにもならない、だから自分の「今」を言葉で言いなさい、と言っているが、面倒がって努力しなかった。）

「介護度はいくつですか？」いきなりわたしに声がかかった。

「知りません、それは何ですか？」

「御家族は何人ですか？」

「三人です」

「それでは人と接する機会が少ないかもしれませんから、デイサービス等、介護施設を御利用になったらどうですか？」

夫はうれしそうにうなずいていた。

「介護度って何ですか？　誰がきめるのでしょう」

「病院が出すのは薬だけですから、別の施設がはかってくれます」

次の予約日を決めていただき、受付で手続きする方法を聞き、電話番号を教えてもらった。

「病気は進行しています」ということだった。

薬局で薬を受けとって浦和まで歩こうとした。夫は嫌がったが、まず自分で動くことが必要なのだというと歩き出した。

記憶力テストの結果は聞けなかったが、前の先生も一度目は何も言わず、二度目のとき、倍近くよくなったと言われたから、何かあったら伺おうということにした。

翌朝、電話すると、介護保険で受けられるサービスは施設ごとに違いはあっても、そこで食事や風呂のサービスを受けられる。料金は介護度により違い、介護度が高いほど料金は高くなる。デイサービスを受けるには、介護度を決めるところに申し込む必要があると分かった。

食事に関しては、治療法のない病気だから食事が一番大切だとパンフレットを病院でもらった。

風呂はこれまで一人ずつ入っていたので気がつかなかったが、ヘルペスのおかげで、思ったよりずっと夫の動きには欠陥があることが分かった。隅々まで手が届かないというか、言葉にする力が落ちたり忘れたりとまったく同じことが行動にもあると分かった。

今のところ、髪の毛はわたしが洗い、タオルに石鹸をつけ背中を洗って、あとは足の裏まで自分で洗うこととしている。ときどき見て注意している。つまり、何が分からないのか、何ができないのか、本人が分からないことをチェックして、やれるまで見る必要があるらしい。

夫は足の魚の目を病院でけずってもらった後、健康保険証をなくしてしまった。市役所に行き、再発行してもらった。

風呂のシャワーの使い方が分からなくなったり、TVのつけ方、消し方がわからなかったりしても、市役所の帰り、先に帰ってと言えばわたしの三分の一の時間で戻れるのだ。

数日前には夫の本棚で『ボリス・ゴドウノフ』を見て読んでみると、これぞ歴史と思えたからプーシキンを読むことにした。めまぐるしいほどちぐはぐな毎日である。

市役所までの街道には、子供を預ける場所がいくつあったか数えなかったが、片側だけで四、五カ所あった。町は明るく人気なく、途中のホテルもひっそり、しらーっとのびている歩道を、乳母車に子供を乗せたお母さんが並んで、何かしきりに話しながらゆったり進んでくるのに出会ったくらい。

娘が病院に出したメモには、「数日前の午前十二時半、話し声がした。起きて素早く服を選んで着、メガネ、腕時計、帽子もかぶり革靴をはいて家を出て行った。追って家を出ると、真っ暗な下の道に立ってウロウロしているので、『どこへ行くのっ? 真夜中だよ』『真夜中ですか、ちょっとどっちへ行っていいか分からない』『真夜中だっ、家へ入れっ』『そう、ゴメンナサイ』」だった。

娘の言動はじつに乱暴きわまりないから、わたしは相手にしないことにしているが、わたし一人のときは同じ口調になっている。相手にそうなる要素があるのだから、専門家は、それを押さえる術を持っていると思うか、家族でケガしないようにやるほうがいいか、わが家は家の中で大騒ぎするほうが夫にはいい気がする。大人の居場所は子供用ほど簡単には作れないだろう。

そのときどきの居場所と、そこで接する人がどれほどのものか分かったのは、病院に行きだして以来である。

先日、二度目の介護支援の話が出たので市に直接電話し、休日の娘が夫と市の窓口にでかけてしっかり聞いてきてくれた。自分が市民であることなどまるで忘れていたらしいから、市に電話しただけでもよかったかなとわたしは思った。

*

わたしが子供の頃、講談社と角川書店が、世界名作全集を出していた。わたしはそれを買うのが楽しみだった。

その中に『大尉の娘』のタイトルをよく見た。例えば、町の小さな本屋さんのわずかに並んだ本の中にもしばしばあった気がするが、なんだか平凡な気がして手にも取らなかったような気がする。

今回、図書館にプーシキンの緑色の全集が十冊ほど並んでいたので第二巻と第四巻を借りた。

「プーシキン全集／第二巻」（神西清訳、昭和四十七年十一月十日発行）

「プーシキン全集／第四巻」（木村彰一・川端香男里・福岡星児訳、昭和四十七年十月九日発行、河出書房新社）

『大尉の娘』を最初に読んだ。書中に出てきた問答、会話を読んだとき、この書を出した方々は、どんなにわたしたち子供にこの本を読んでもらいたいと思っていたかがひしと伝わってきた。まさに戦後民主主義の世に育つ子供たちにこそ、作中に書かれた言葉の一つひとつを分かってほしかっただろうとわたしは思った。

「平凡」それこそ大切なことだった。じつにパンチの効いた「平凡」をまったく知らずにわたしは暮らして八十歳を過ぎていた。

『オネーギン』を読んだ。『青銅の騎士』を読んだ。大変だった。今のわたしは覚えていられるだろうか。

文学こそサクセッションの宝庫であろうけれど、オネーギンは荒野に捨て置いたまま世の中をさまよい、その間に忘れてしまった。オネーギン自身もさぞつまらなかったであろう。プーシキンの文学世界は、現今のわたしたちの暮らしとあまりに違うからなんとも言えない。

人は暮らす世界に育てられることを文字化したような『青銅の騎士』。

『オネーギン』の主人公タチヤーナは、モスクワへ行き、さる将軍と結婚するだけでよかった。彼女の教育は、子供時代からの読書のみだった。わたしたちは一人で荒野を歩けるだろうか？　まず荒野に出合うことが難しい。

タチヤーナは、オネーギンが捨てていった蔵書を荒野で読んだ。将軍がモスクワで見たのは、そういうタチヤーナだった。

すべての生活を周囲がととのえる世界にはもしかしたら思考の自由しかないのかもしれない。考える先にあるのは暮らす世間。そこで何ができるか何をするか、『戦争と平和』の女主人公はたしか、しまり屋の主婦になったと読んだ気がする。

とりあえずわたしの想像がいきついたのは、『大尉の娘』、考えの自由さ、察することのできる直観、持って生まれた自分の要素を発揮できる才覚、記憶、そのようなものすべてをこめたお話。一八三三年八月五日、一人の祖父が、自分に似ている孫に語った手記(おぼえがき)である。善良(しんせつ)と気位の二つの性質をいつも心に守り通して失わずにいれば、やむにやまれぬ血気にまかせてさまざまな迷いに踏み入り、絶体絶命の難儀に陥ることがあっても、首尾よく切りぬけることができると語っている物語。プーシキン最後の作。

ゴーゴリはプーシキンにヒントをもらい『死せる魂』を書いた。主人公は、裁判の際に自分の衣服をボロボロにしてしまった。持っていたお金は返してもらったから、仕立屋にお金を払うだけで、その後、必要な衣服をすべて二、三日で作らせることができた。待っていた召使いとともに、荒野を耕すために出発した。

わたしたちは、物は買うだけ、長らくそういう世間にいるせいか、お金を稼ぐことだけをまず考えがちである。これが社会全体のひずみにも見えはじめているのが現在であろう。

夕方のニュースで、各地に特長を持つ図書館が完成しつつあるのを見た。それぞれの人の自由が存分に生かされますようにと自然に思っていた。

＊

一枚の葉書が舞い込んだ。デイヴィッド・クリスチャンの作品案内。アメリカと日本で作品を作っている。新型コロナで三年間日本に来なかったそうだ。

「葉山7　ウイズダム・オブ・ザ・サイレントヒルズ　道」と読んだ。

わたしは、ふた夏を過ごした子供時代をまざまざ思い出していた。このところ読んでいた広大なロシアの自然からピューとひといき、わたしの気持ちは、海を見下す裏山に移った。

ロシアと関係あるのは祖父、ちょうど今のわたしの年齢だった。日清戦争に行き、日露戦争に行き、生きて日本に帰り、山梨の自分の家に歩いて帰った。

十五歳の父を、商人になれと東京に出した。父は中背、細っそりタイプだが、祖父は百八十センチ以上で背はまっすぐがっしりしていた。

夜、上を向いて寝ている胸がじつに高かった。朝起きると、まず日本中の天気を気にした。軒場に立って、ひとり言のようにつぶやいていた。

戦争中、わたしたちは山梨に疎開していた。二人の叔父は戦地、父は東京にとどまっていた。晩年の三、四年、祖父はわたしたちと暮らし、祖母は二人の叔父のところに、交互にいた。

ひと夏の葉山は祖父も一緒だった。雨戸の開け閉めは必ず祖父がした。逗子の隣りだった。だだっぴろい家は、長い縁側が二本、広い台所と風呂場までのびていた。

祖父は外に出なかったので、ある日、母は、お手伝いさんなしにわたしたちと祖父を散歩につれ出した。森戸神社に着いたとき、祖父が「もうえらくて歩けねえ」と小声で言ったので、母は大あわてでタクシーを探しに走って行った。わたしたちは岩に腰かけた大柄な祖父のそばに固まって、どうしてこんなことがあるんだろう、と思って長いこと待っていた気がした。

東京の家では、祖父は火鉢の前にきちっと正座して一日過ごしていた。疎開中も玄関となりの長火鉢に祖母と並んで座っていたのを思い出す。

長火鉢の引き出しには真っ白い紙縒りが何十本も必ず入っていた。祖父が作ったものである。わたしは勝手にそれで煙管を掃除して、「からくてかなわんぞ」と言われていた。座敷裏の塀の陰で煙草を育て、将棋盤のような厚板の脇に固定した長い包丁で刻み、煙管に詰めて、「うまいなあ」と煙を吐きながら、そばでじっと見ているわたしに、「誰にも言うなよ」とささやいた。

わたしたちが履く草履は、祖父が土間に座って作っていた。縄も編んでいた。わたしはそばにしゃがんで手の動きを見てあきなかった。今思い出すと、動作のすべてが絵になっていたらしい。

そういう点では、母方の祖父も同じだった。明治の半ばに生まれたから、昭和の戦争は、被服省で過ごしたらしい。江古田の家では門に向いた洋間に居た。玄関にドアがあり、反対側の壁隅に居間へ行くドアがあった。背の低いわたしは、そこの空間をそっと行き来するのが楽しみだった。

大きな机に向かって座る祖父の前方は、いろんなものが積み並んで部屋の半分を占めていた。洋式の窓がわたしの背丈より上に見えた。そこにあったものは、何だか分からないのにどっしりしていて近よれなかった。

祖父が手にとってひざに開け見せてくれた日本陸軍作製の地図が忘れられない。色つきで、大きく描かれた区画がスッと目にしみた。ゆっくり頁を開けながら、「どうだ、きれいだろう。陸軍が作ったものだから正確だよ」

区画の線と描きこまれた数字が、じつにきれいに空間をうめている感じを、これが地図なの？と見つめていた。

「偉い軍人さんがな、報告書が書けなくてウンウン歩き回ってた。ドレドレ、書いてやったら、うんと喜んで、これをくれたのさ」そっと教えてくれた。

二人とも自分の暮らしそのもので自分を作りあげたから、それぞれの違いが独特、二人の祖父のようなもの言いをする人に、わたしはこれまで出会ったことなかったとこの頃思っている。

わたしは真夜中の千川で、Ｂ29が真上を低く飛ぶ一瞬を経験したことがある。成増飛行場が狙われたときだと聞いていたから、大人になって成増美術館に展覧会を見に行ったとき、近くの区役所で、「成増飛行場はどの辺りにあったか分かりますか？」と尋ねてみた。

役所の中の人は外から来た人ばかり、出された地図は細かくビッシリ埋まっていても探しようがなかった。何十年の歳月のかけらは、跡形なくても時にゆすってやるのはいいものに思った。

＊

わたしはケイタイを見たことない。歳のせいばかりでないと思うが、デジタル化以来、TVの音声がまことに聞きづらい。郵便局に行くと目の前に新しいTVがあって、間近で見ても話す声が聞きづらい。日々の中で自分でつかまえた情報で暮らしてきた。

十年以上前だろうか、バスを待っていたとき、髪を人がさわった気がしてふり向いた。小柄な女の人と顔があった。

「きれいねェ」と言うから仕方なくちょっと笑った。

間があって「生まれつき？」と聞こえた。

向き直って、「そんなひどいこと、まだ言われたことないわ」と言った。

にっこり可愛い顔で笑って、「わたし、これから病院へ行くの、失礼しちゃうわよ、〇〇過ぎると最初精神科に行かされるの。でも行くと先生がわたしの話を聞いてくれるから、いいの」ゆっくり、ひとことひとこと分かるように言われたので、「そうなの」と来たバスに一緒に乗った。じつに真面目な会話だったと後から思った。

夫と一緒に、デイヴィッド・クリスチャンの個展へ行った。

行くとき乗った熱海行き電車は新橋を過ぎると品川まで止まらなかった。品川の線路の有り様と若い人の多い混雑は、アルツハイマーの夫と一緒のわたしを異様にへとへとにした。工事中の駅のゴチャゴチャにすくんでしまい、まごまご階段を上り下りしただけなのに目的の駅までひどく時間がかかった気がした。夫は静かにピタッとわたしの後についていたがわたし以上に疲れたらしい。緊張しきっていた。

　海岸通りへと歩いていると息が楽になってきた。道路脇の草地は、どこから来るのか小鳥だらけ、コツコツ地面をつついてまるで飛びたたない。とたんに夫との距離が離れた。

　海岸通りに出て、長い信号待ちでやっと追いついた。ヒューヒュー音をたてて流れる車がじつに自然に目に入った。高速道路下のうす暗い空間にピッタリの眺め。広い道を横切っても人はいなかった。シーンと静か。

　ほんの少し先のお台場の夜のニュースは、人出の賑わいだった。初めて浅草まで船に乗ったとき、空をうめつくしたかもめはどこに消えたのだろう。

　誰かの歌にあった国道も見えなくなった。海にそびえていたクレーンが見えなくなったのは仕方なくても、何ができたか分からないが海が消えていた。船着き場ももちろん見えない。

　まさかあの広い川面がなくなることはあるまいが、静かだと人が作った自然が声をかけてくるような気がした。

　八センチ丈の真っ白い石膏の彫刻が七体、白い紙に、灰色の丘とたなびくウィズダムを張った作品が、上にぐるりと多数並んでいた。

「葉山のどこで制作しているのですか？」

長く作品を観ていたが、初めて事務方の女性に訊いた。美術館のそばだとか、あの裏山のほか、わたしは海ぞいしか知らない。

駅がどこにあるかもしらない土地の、見えないものを見た気持ちは、父や兄弟と一緒に裏山に登って眺めた海に、以外に近かった。

帰りは、田端駅まで山手線に乗り、反対側ホームの大宮行きに乗り換えた。田端駅のいつもぬれていた黒い石垣は、下へ向かってアジャンタムがたくさん茂って、ながめて楽しかった。乾いたベージュ色の何かに変わった崖は、二倍の高さに感じた。明るくなったかもしれない。

何十年乗り降りしていたはずの夫が、まったく無関心にベンチに座っていた。王子駅に着くと、知っている場所と分かって、にこにこあたりを見回していた。なんだかアルツハイマーが切れたように見えた。古い記憶には、アルツハイマーのままでも入ってゆけるらしい。

とはいえ、品川駅の人の波の中で頭が感じたこと、あれは断絶感だったんじゃないかと、二人で翌日どちらともなく言い出し納得した。自分の安全を人に任せても、自分を楽しませることは、自分にしかできないのだから、実際は一人で両方できることが必要だ。

二人で行ったから、帰りはもっとも安全に帰れることだけ考えて行動できた。夫をひとりで歩かせることはもはやできないとしっかり納得できた。

*

サイレントヒルズは良かった。淡い色調も目に入る大きさも心地良い知性を頭上に浮かべて音楽的だった。新しいギャラリーの空間にピタリと収まる見事な展示だった。

脇の机に古かったときのギャラリーの写真があったがそれで思い出したわけではない。

このサクセッションが書けたのは、かぐや姫のおかげでもあったことを最後に書けることがわたしはただうれしい。

浦和駅東口にパルコが完成したのはひと昔まえだが、そのときの人出はすさまじかった。しばらくホームから見下していた。何カ月も過ぎてから、外壁に大広告帯をたらしていた中の書店に入り『竹取物語』のうすい文庫本を買って、その日の内に読んだことを思い出した。

その日わたしは、知り合いのかつてのギャラリーを訪ねた。メインの会場に何が展示されていたか覚えていない。倉庫の中だから午後すぐ暗くなる三方を厚いコンクリート壁に囲まれたロフトの一カ所に小さい明かりがぽっとともって小さい作品を照らしていた。

「明鏡止水」だった。なんとなく物になったかぐや姫と思い、乗った電車を降りてそのまま、入ったことなかったまっ白、まっ四角のパルコに入った。まん中がスッポリ空間のずっと上に見えた東京の有名書店に入った。

しばらくして、この上に図書館ができたんだなあと、だんだん本を借りるようになったのだ。「明鏡止水」は岡崎氏の作品、夫は直接存じ上げていたらしくても、アルツハイマーで今は分からない。倉敷美術館のカタログだってどこかにしまってあって取り出せない。

先日のギャラリーでは、ガメラの話をちょっとしてしまった。事務の女性はオーナーに鍛えられているからつい安心して。

＊

アルツハイマーと嘘の関係を毎日見ているから安心なんて忘れてしまった。

誠意をこめて真剣に行動することが何一つできなくて、それに平気でいるために忘れることだけ上手になった。まともでありたいとも思わなくなった。

医師は、たくさんの病人と接しているからわが家の危機を現時点で分かり、介護について市民として分からなくてはいけないことを忠告してくれた。わたしが健康なうちはよくてもアルツハイマーでも自分の暮らしを護れる方法は見つけていなくてはならない。

軽くて自分の楽しさばかり追っていた夫は、体力のある間に分かる力があればラッキーなのだ。「時代の教養」これが重要になるだろう。嘘はよくない、誠意をこめて行動する面白さを自分でみつけてゆくことで、暮らしは変わるに違いない。クラシックの厳格さ、あれは光だった。

あとがき

テニスクラブでわたしが勝手に師事した大学教授の先生と出会った頃、コートに出ようとベランダに出ると、上がってらした先生の「あなた、新古今でも読んだの？」の声にいきなりぶつかり、「いいえっ」と答えたもののそれっきりというわけにもいかない気がして、「でも先生、新古今って文字がお金になる道切りひらいたんでしたっけ……」とかもじもじつけたし、ハッと押さえたけれど結局読む羽目になった。

もう一方の同僚の教授に「何でも屋」と評される背の高い先生は、在学中から大変な文学マニアで、雑誌を出されたこともあったとか。信頼する司書を味方に仲間と競い合った。「月の沙漠」の作詞者は同級生だとも教えられた。まず「赤とんぼ」の三木露風にこだわっていらした。

「なぜ？」

わたしは図書館で「三木露風の本何かありますか？」と言ってみた。

「当館にはありませんが大宮にありました」と取りよせてくれたのは、分厚い三冊本、上下二段に細かい文字がびっしりで数百頁ずつ！　手にしたら腰がぬけそうだった。

作者はしょっぱなで、とばし読み、拾い読みを厳しくいましめていた。そういうことならとほとんど読まずに返却をお願いした。

「ぼくは嫁さんの五倍の速さで読むよ」と言われたから、先生は速読術をお持ちなのだ。

やっと読んだ新古今には清少納言の歌がなかった気がしてアレッとなんとなくくり返し読んでいると、世評でとかく言われていること以上の魅力が、まことに現代的に思えてきた。『古今和歌集』はいいけど『新古今和歌集』はなぁの声は耳にしたことあった。だがわたしがだんだんと分かった感じは、新古今時代に分厚くなっていた社会上層の教養の高さだった。

ある日、お茶を飲んでいると、「あなた、日本の誰がいいと思うの？」と言われ、「やっぱり紫式部でしょう」とあたりまえをお答えした。「紫式部っ、強烈だなあ……いきなり裸の女だもの」と笑って、その頃『源氏物語』は現代語訳がいくつか出版され大ブームだったから、何か言われ、末摘花をちゃんと囲っている源氏を大様だとおっしゃられた。

「なんとおっしゃるっ！　からころもの末摘花は陰の主人公ですよっ」
とっさに言ってしまった。わけなんて言わずすぐ黙った。先生は二度と源氏を持ち出さなかった。

紫式部が強烈なわけは、鋭いジャーナリスティックな筋書きがつやつやしく、まるで現実的なロマンをしっかり書きあげ、囲碁の名手の浮舟に草の里で終わりをたくした何気なさかもしれない。

イギリスの翻訳者もアメリカ人のドス・パソスもそこを最初につかんだらしい。夫が身元引受人だったアメリカン人のJさんにドス・パソスを聞いてもらった。

「三十年日本で暮らしているけれど、ドス・パソスを聞かれたのは初めてだといい、当時を知るには大切な作家と思う」と返事してくれたそうだ。何か訊くと、自分の考えを率直に手短かに言うところがわたしと共通だと夫はいつも言っていた。

夫とJさん、わたしと先生、同じ頃に知り合い、夫はJさんにさまざまな自分の持ち味を引き出してもらい、それを仕事にまとめてもらった。一方、わたしは自分の頭に浮かんだ何かを、先生とごく短い問答を重ねることで、自分の基礎を固めることができたらしい。お互い得難い知り合いを持った。

歴史の中身はほぼ同じだから、かかわる人の違いで動きが起こる。お金はなにごとにもかかわる重要事。文学はここにどう入りこもうとするのか。

ドス・パソスは紫式部がその時代に見たことを、自分の時代の普通の人びとのあいだでどっしり充実させていた。世界はとりどりの人であふれかえっている。文学はなんと豊かに伝えてくれるものかとため息が出る。

スペイン・ガリシア地方だけでも風来坊作家、何とも多作な貴族の女性作家、スコットランドのある土地を、暮らす一人ひとりの生き方で綴りあげた作品に出てくる粉屋の男は忘れられない。

誰もが同じに見えて怖かったと、さる人がつぶやいた日本でも、普通の人の生の声を政治が積極的にとりあげようと実際に行動した時期がかつて確かにあった。

Jさんは、さるディレクターに連れられ小渕恵三首相と話したことがあった。そこで老人医療も含めた老人問題を何かと提案したそうだ。

その頃わたしは、雑誌で文科省が意見を募集していたので、「個の時代」を書いて送った。

まもなく電話があって、「今何が一番必要でしょう」と直接訊かれた。

「誤解されると困りますが、どんなことも教育がなければ出てこないと思いますよ」と言った。

「そうなんですよね」と電話の向こうで女性の声がした。

その後、多くの著名人を集めた教育会議が開かれた。新聞に並んだ名前の中に網野善彦氏の名前がなかった。しばらくして新聞紙上で、御病気だったこと、まもなく亡くなられたことを知った。

教育と「個」の関係の出番は近いだろうか？

【著者】 阿部美和子 （あべ・みわこ）

1941年6月5日、東京・神田生まれ。空襲がひどくなって豊島町から千川に移る。終戦直前には山梨へ疎開する。戦後は神田岩本町へ戻る。その後、田端、大塚、そして埼玉県浦和市へ引っ越して現在に至る。白百合学園（幼稚園、小学校、中学校、高校）を経て、早稲田大学文学部を卒業した。

Sairyusha

わたしの世間話《せけんばなし》

二〇二四年五月三十日　初版第一刷

著者――阿部美和子

発行者――河野和憲

発行所――株式会社 彩流社

〒101-0051

東京都千代田区神田神保町3-10大行ビル6階

電話：03-3234-5931

ファックス：03-3234-5932

E-mail：sairyusha@sairyusha.co.jp

印刷――モリモト印刷（株）

製本――（株）難波製本

装丁――中山銀士＋金子暁仁

ISBN978-4-7791-2977-3 C0095

https://www.sairyusha.co.jp

フィギュール彩

《既刊》

⑪ 壁の向こうの天使たち

越川芳明◉著

定価（本体 1800 円＋税）

天使とは死者たちの声なのかもしれない。あるいは森や河や海の精霊の声なのかもしれない。「ボーダー映画」に登場する人物への共鳴。「壁」をすり抜ける知恵を見つける試み。

㊼ 誰もがみんな子どもだった

ジェリー・グリスウォルド◉著／渡邉藍衣・越川瑛理◉訳

定価（本体 1800 円＋税）

優れた作家は大人になっても自身の「子ども時代」と繋がっていて大事にしているので、子どもに向かって真摯に語ることができる。大人（のため）だからこその「児童文学」入門書。

㊵ 編集ばか

坪内祐三・名田屋昭二・内藤誠◉著

定価（本体 1600 円＋税）

弱冠32歳で「週刊現代」編集長に抜擢された名田屋。そして早大･木村毅ゼミ同門で東映プログラムピクチャー内藤監督。同時代的な活動を批評家･坪内氏の司会進行で語り尽くす。